吃貨小廚娘

上

風 文創 839

記蘇 著

風文創
839

目錄

序

記蘇

作為一個畢業於中文系的女生，離開大學的校門後換過好幾份工作，兜兜轉轉，工作內容一直在變，唯一沒有變的就是不停的寫。以前是為了工作而寫，來來去去都是一些機械、重複的文字，談不上是創作，直到現在才更多的是為了自己而寫，記錄心中那些歡喜、美好的故事。

創作《吃貨小廚娘》這部小說，緣起於想寫一個有關美食的故事。

俗話說「民以食為天」，每當有機會造訪一個陌生的地方，首先要做的事就是去街道巷弄，尋找當地開業許多年的小館子。雖然它們看起來可能不起眼，但那些飄散的煙火氣與飯菜香，是認識一個地方最真實的憑證。

世人都說「唯美食與愛不可辜負」，在《吃貨小廚娘》這個故事中沒有大風大浪，沒有江湖仇怨，有的只是平平淡淡的生活和一道道美食散發的味道。那些味道滲透在主角的際遇中，與不期而遇的愛情相互碰撞，在舌尖綻放最美的滋味。

當然，要創作一部完整的小說並不簡單，僅僅是如何寫一個吸引人的開頭就修改了不知道多少遍，然而更難的是把它寫完。

說實話，在創作這部《**吃貨小廚娘**》的過程中，不是一帆風順的。我曾一度遇到瓶頸，好像筆下的主角走了一半路程突然迷路了，停滯不前，不知道該怎麼繼續下去。尤其這部小說的故事是古代背景，行文自然不能太大白話。為了考據那些文言文的用法，著實查詢了不少古典名著，生怕自己寫得不倫不類。

而世界上沒有太多的捷徑，唯一的方法就是堅持。堅持寫，路就通了，也就能寫完了。過程雖然是曲折的，但寫完後的快樂輕鬆是雙倍的，就像穿過很長的黑暗，看到了光明。

如果在以前，有人告訴我可以出版自己的小說，把創作的故事變成印刷鉛字，那我會認為是在作夢吧。然而現在這個機會真的來了，更沒想到的是能和臺灣的讀者朋友們見面。

臺灣是一個美麗富饒的地方，一直心嚮往之，希望有機會能去遊覽風光，遍嘗美食。現在我的小說能先我一步和臺灣的讀者們見面，興奮之情難以言表。

希望你們能喜歡《**吃貨小廚娘**》這個故事，不論是讚美還是批評，對我都是莫大的鼓勵。我將繼續寫下去，將遇到的、幻想的故事透過筆尖化成文字，創造屬於自己的印記，寫下喜歡的故事等你來讀、來聽。

第一章

正值秋日，滿山的樹林間青黃交接，一片層林盡染，煞是好看。

可惜柯采依現在沒有心情去欣賞這幅美景，她正在吭哧吭哧的找路。

穿越就穿越，也不是什麼新鮮事了，但是穿過來就躺在深山老林的山溝裡是怎麼回事？

此時此刻，她特別想對老天豎中指。

本來她正在加班修改設計稿，凌晨兩點還在為了設計出客戶想要的「五彩斑斕的黑」，眼睛都快熬瞎了。

她記得當時自己站起來想續杯咖啡提提神，誰知忽然眼前一黑，醒來就到了一個陌生的世界，一個從未聽過的朝代——樂朝。

熬夜禿頭就罷了，因熬夜猝死而穿越的大概不多見，社畜真的是高危險群。

接連幾天的秋雨打落滿地黃葉，地上泥濘不堪，柯采依深一腳淺一腳的走了一會兒，便停下來歇歇。

沒辦法，她魂穿的這具身體的原主是從陡峭的山坡上滾下來，磕到腦袋，人才沒的。可能是腦震盪了，她現在時不時感到眩暈。

不知道是巧合，還是天意，原主和她的名字一模一樣，十四歲，是木塘縣綿山村一個普通的農女。父親柯義根小時候跟著親爹逃難到綿山村，從此落地生根，娶了隔壁村一個獵戶的女兒陳香玉，成親後有了三個孩子。

柯義根做事勤勉，除了伺養農田，閒時還到縣城打短工，陳氏溫婉賢淑，原本日子也算過得有滋有味。沒想到在原主十歲那年，柯義根突患重疾，驟然去世，之後陳氏便帶著她和兩個弟妹相依為命。

在這個以男人為天的社會，沒有了頂梁柱，柯家的生活變得捉襟見肘。陳氏一個柔弱的寡婦，為了撫養三個孩子，沒日沒夜的幹活，過度勞累和長期的鬱結，掏空她的身體，三個多月前也因病撒手人寰。

柯家三個孩子從此成了孤兒，日子越發窮困潦倒。眼看一天比一天冷，家裡的糧食所剩不多了，再不想辦法，接下來這個冬天可能熬不過去。所以原主趁著雨停，上山打算挖些草藥去賣錢補貼家用。誰知天有不測風雲，她爬山路時，因路面濕滑，不慎踩空，悲劇就發生了。

除了對一穿越過來就狼狽的躺在山溝裡有點憤懣外，柯采依倒很快就接受這個事實。

她在原來的世界親緣淡薄，從小在孤兒院長大，靠著社會救濟和自己打工，一直讀到大學畢業。後來做了平面設計師，處於一人吃飽，全家不餓的狀態，所以離開倒也沒什麼可牽掛的。

眼下顧不得傷春悲秋，最重要的是趕緊找路。

這個山溝的地勢低窪，藤蔓交織，十分隱蔽，如果她沒有穿過來，原主一直躺在這裡，大概很難被人發現。

她揹著背簍不停尋找，終於發現有一處地勢較低緩，便打算從那裡爬回主道。

柯采依一隻腳踏上去，正準備開始爬時，眼一瞟，驀然在一堆草叢內發現一樣突起的長條物。

天麻！

柯采依曾經有段時間著迷藥膳，特地研究過一些藥材，對既能入藥又能入菜，且全株無綠葉的天麻印象深刻。

這株天麻桿掩映在一堆腐葉中，顏色幾乎融為一體，不小心很容易錯過。她小心翼翼的順著天麻桿往下挖，果然挖到一個拳頭大小的天麻塊莖。

柯采依很興奮，一株底下可能不止一個天麻，她又在原地繼續挖，果然又挖到了七個。

天麻又叫定風草，歷來被視為藥中珍品。原主上山的目的就是採藥，如今的確採到了藥，還這般珍貴，可是她卻已經不是她了，不知道該喜，還是該悲。

柯采依收回飄遠的思緒，又四處尋找了一番，沒有再發現其他天麻，倒是意外在腐木上採到一些野香菇。也是，野生天麻分佈稀疏，專業的採藥人上山也不一定能輕易尋到，此番碰見已屬幸運了。

柯采依將天麻和野香菇放到背簍裡，開始爬山坡。

她不敢在這個深山多待，這種原始森林常有野獸出沒，可不是她去過的旅遊勝地。雖然仍是秋天，但正是野獸們頻繁覓食為入冬儲備能量的時候，饒是她學過散打，一旦遇上也應付不了。

好不容易爬回主道，柯采依沿著崎嶇的山路往山下走。

綿山村地處南方，入秋後路邊還有不少野菜。秋天還在長的野菜種類不多，薺菜和馬齒莧算是比較常青的。這兒的村民大多只在山腳下挖，甚少有人為了野菜跑到深山裡來的，所以她輕輕鬆鬆就挖了半簍子。

野菜大多帶有澀味，對於村民來說只是迫不得已用來果腹而已，有點錢的人家才不稀罕吃它，哪像上輩子的城市人，還要花高價錢去品嘗所謂的天然綠色食品。

不過對於柯采依來說，這些都難不倒她。她最大的興趣就是美食，愛吃愛鑽研。她工作之餘在網路上經營了一個美食專欄，曾經做過野外美食系列介紹，很受歡迎，所以處理野菜、野物對她來說並不是難事。

看著收穫頗豐的背簍，柯采依暫時覺得腦袋都不暈了。

走到山腰時，她看到了山腳下的綿山村，周邊有一條河流蜿蜒而過。村子不小，有近百戶人家，大多是茅屋，也有幾家已經蓋上了青石瓦房。

天已近黃昏，好幾戶人家冒起裊裊的炊煙，雞鳴狗吠隱隱傳來。

這一刻，她終於有了穿越的實感，看來這是要走種田流啊。

柯采依遠遠的就看到幾個孩子聚在村口，走近才發現被圍在中間的兩個小豆丁分外眼熟。這不是原主，喔不對，是她的那對雙胞胎妹妹和弟弟嗎？

女娃叫柯采蓮，男娃叫柯均書，今年才六歲。

兩人穿著青色的麻布衣裳，瘦弱單薄，被三個高高的男娃圍在中間，一個背對著她的胖子正在對他們推推搡搡。

柯采依皺了皺眉，這氛圍很不友愛啊。

王富貴被養得肥頭大耳，人高馬大，遠看跟個水桶似的，才八歲的年紀就成了村裡孩子中的小霸王。

今天他帶著兩跟班溜進村東頭李寡婦家的院子想偷雞，不料被發現了。李寡婦是村裡出了名的厲害角色，吃不得半點虧，操著掃帚對著他們幾個好一頓追打，一路將他們攆到村口才消停。

王富貴剛停下來喘口氣，就看到柯家那對雙生子坐在石頭上，眼巴巴的貌似在等人。

他娘在家常說這對雙生子是喪門星，生下來不久就剋死了親爹，如今又剋死了親娘，這輩子就是來討債的，叫他離他們遠點，碰到了要倒楣。

王富貴被李寡婦追打得格外狼狽，心裡正不爽快，便把氣撒在了柯家雙生子身上。沒想到柯均書個子小小，脾氣還挺強，一直把柯采蓮擋在身後。面對王富貴的推搡，挺身向前，握緊拳頭，一副你敢動手我就不客氣的樣子。

王富貴看到他那股倔樣，更加火冒三丈，猛地用力將柯均書推倒在地，接著上前一步，恨恨的吐了口唾沫在他胸口，大罵道：「怪不得我今天這麼倒楣，原來是碰到了你這個喪門星，真他娘晦氣。」

柯均書一時防備不及，被推倒在地，反應過來後心裡燃起一股怒火。他飛速爬起來，撲向王富貴，和他扭打起來。

奈何柯均書心餘力絀，完全不是王富貴的對手，更何況對方還有幫手，撕扯間他臉上結結實實挨了兩拳。

柯采蓮被嚇得直哭，衝上去幫柯均書，拚命想扯開王富貴。

「賠錢貨，快滾開。」王富貴嘴裡不停的罵罵咧咧，他的手高高抬起，想往她臉上搧去。

還沒來得及下手，他的手腕突然被一隻手掐住，猛地一扭，鑽心的痛從手腕傳來，他慘叫一聲。「啊痛痛痛！是哪個龜孫子敢掐我？」

他抬眼一看，撞上了一雙清冷的眼眸。

柯采依從小在孤兒院長大，那裡其實並不是很多人想像中溫馨的樣子，她早就見慣了各種欺凌。這個年紀的孩子有的像天使般純真，有的卻惡毒得毫無理由，對於後者她向來是從不客氣的。

她盯著王富貴的眼睛，一字一句的說道：「放開他們，不然我就廢了這隻手。」說完手上又加了把勁。

王富貴痛得齜牙咧嘴，哪敢不聽話，另一隻手趕緊放開柯均書。

「姊姊，妳可回來了。」柯采蓮一看到柯采依，撲上去抱住她的腰，噙著眼淚，指著王富貴哽咽道：「我們本來在這裡等妳，他突然、突然過來就欺負人，剛才還打弟弟。」

柯采依摸著她軟軟的頭髮安撫了一下，轉向柯均書說道：「他剛剛是怎麼打你的？」

「妳、妳想幹啥？」還沒等柯均書說話，王富貴先嚷嚷起來了。「快點放開我，聽見沒有，放開我！」

「我剛剛聽到你叫他喪門星？」

「那……那又怎麼樣，兩個小喪門星，現在又來了個大的，一家都是短命鬼。我告訴妳，妳最好快放開我，不然讓我爹娘知道了，非扒了妳的皮。」王富貴已經氣急敗壞。

柯采依眼珠一轉。「哦，既然你都說我們是喪門星了，那不做點什麼，豈不是對不起這個稱呼？」

沒想到陳氏死後這幾個月，有人傳這樣的風言風語。在這個時代，「喪門星」這種稱號一旦蓋到頭上，後果可想而知。不過如今碰到了她，這一招可不管用，她別的沒有，就是臉皮厚。

「妳啥意思？」王富貴緊張的問。

「書哥兒，他剛剛朝你吐了口水，現在你就吐回去。」柯采依對著王富貴笑得一臉純良。「讓他知道到底什麼叫喪門星的晦氣。」

「妳個賠錢貨、臭婆娘，別亂來啊，我爹知道了饒不了妳。」王富貴其實不太懂什麼是喪門星，只是聽大人說沾到了會倒楣。這下聽到柯采依讓柯均書朝他吐口水，臉都嚇白了。

柯均書看了柯采依一眼，有點躊躇，沒有動。

柯采依鼓勵他。「去，別怕，姊姊在這裡。」

柯均書想起剛剛被王富貴打倒的狼狽，頓時湧上一股勇氣，用力的朝他身上「呸」了一下。不過他從未做過這種事，技術不熟練，看著架勢很足，其實幾乎沒有噴到。

可是王富貴卻嚇哭了，哇哇大喊救命，並用另一隻手不停拍打衣服，好像沾上了毒藥一般。他回頭想找幫手，得，那兩個跟班早不知道什麼時候跑了。

真是慫蛋一個，聒噪得要死。

柯采依正想讓他閉嘴，就聽見身後傳來一個男聲。

「唉唉唉，前面在做甚呢？」

柯采依回頭一看，一個穿著灰色短罩衫的男子正背著手慢悠悠的晃過來。循著原主的記憶，這人是王富貴的二哥王富甲，因為小時候招惹野狗被咬，半邊臉上留下一道很大的疤痕，村裡人給他起了個諢號叫王大疤。

王富貴一看是自己二哥，立刻感覺找到了救命稻草，高聲呼喊：「二哥，救命啊！」

王大疤罵罵咧咧的過來，柯采依看他走近，也不言語，順勢一推，王富貴頓時跌落在王大疤懷裡，一身肥肉害得兩個人都差點摔倒。

王富貴一脫離柯采依的箝制，當即躲到王大疤背後，只探出半個腦袋來，罵道：「二哥，這臭婆娘剛剛想害死我，你快替我教訓她。」

王大疤卻沒有搭理弟弟，而是直勾勾的盯著柯采依。

沒想到是她，幾日不見，這丫頭好像長得越發標緻了，尤其是那雙水汪汪的眼睛，好似能勾到人心裡去。

柯采依似笑非笑的看著王大疤的表情。一個小無賴，一個色痞子，果真應了那句話：不是一家人不進一家門。

也許是察覺到自己的眼神太露骨，王大疤咳嗽兩聲，一本正經的問：「咋回事？」

柯采蓮看到來了一個大男人，手不自覺緊緊的抓住柯采依的衣角。柯采依對她笑了笑，才抬頭看向王大疤。「他平白無故欺負我弟弟妹妹在先，還滿嘴噴糞，我只是替你們小小的懲戒了一下，長點記性。」

「妳胡說。」王富貴著急的辯解，把手伸到王大疤眼前。「二哥，她扭我的手，你看都腫了，那個小喪門星還朝我吐口水，太晦氣了，我會不會倒大楣啊？嗚嗚嗚，你要替我報仇。」

王大疤自然知道自己這弟弟什麼德行，三天不打就能上房揭瓦，八成又是他招惹人家在先。不過這事倒正好讓他有了個主意。

「妳說我弟欺負妳弟弟，可我看他好好的站那兒，沒缺胳膊沒少腿的，倒是妳把我弟的手害成這樣，可不能抵賴啊。」王大疤眼珠一轉。「如果讓我爹娘知道了，鐵定是不能輕易甘休，少不了要鬧一場，到時候可就不好看了。」

「所以你想怎麼樣？」

「我不是不通情理的人，妳只要賠個一兩銀子，給我弟把手治好，這事就算了。」

「沒有。」

「啥沒有？」

柯采依雙手抱胸，面無表情的說道：「錢，一分沒有。」

「這就不好辦了。」王大疤暗喜，他早猜到柯家已經窮得快揭不開鍋了。「不過呢，我也不想把事情鬧得太難看。給妳支個招怎麼樣，如果咱們成了一家人，這錢就不用賠了。」

柯采依挑眉。「怎麼個一家人？」

王大疤見她已經上鉤，熱切的說：「嫁給我做媳婦兒啊，不僅不用賠錢，以後還可以跟著我吃香喝辣，連妳弟弟妹妹也不用挨餓了。」

王大疤十六歲，正是到了該娶親的年紀，可是因為臉上一道疤著實嚇人，又成日裡遊手好閒、吊兒郎當，同村的正經人家大都瞧不上他。倒也不是沒有窮苦人家為了聘禮，不挑長相品行的，偏偏王大疤自己眼高於頂，要求不少，模樣不俊的他瞧不上。他娘胡氏近來在周邊鄉里到處給他尋摸姑娘，一度急得夜不能寐。

柯采依小時候是個其貌不揚的黃毛丫頭，沒想到這兩年長開了，出落得清秀可人。可是她性子孤僻，不大在村裡走動，以前倒是沒人注意過她。

王大疤有一次在河邊無意瞧見了柯采依姣好的容貌，就在心裡牢牢惦記上了。他不是沒跟胡氏提過，可胡氏嫌柯家晦氣，是個破落的外來戶，一直不同意這事。

如今正好得了這個機會，乘機拿捏住她，到時候和胡氏鬧一鬧，胡氏再不情願也得心疼兒子，這事可不就成了。

柯采依撇了撇嘴。「你不怕我是喪門星，會帶來霉運嗎？」

「這都是那幫長舌婦瞎嚼舌根，只要妳跟了我，以後只有享福的分兒。」王大疤說這話時完全忘了他娘就是他口中的長舌婦。

「妳家又沒個大人，還帶著拖油瓶的弟妹，以後可不好說親，嫁給我的話，我可以連嫁妝都不要。」

享福？到底是誰給了他這麼大的勇氣？這世界也沒有梁靜茹啊。

「可是我還要為我娘守孝，你等得了那麼久？」這裡父母去世後，子女論理要守孝二十七個月，其間不得嫁娶。如今算來還有近兩年的時間，她可不信王大疤對她情深到這個地步。

王大疤不以為然。「這事兒就明面上說說，只要不當官不讀書，鄉下泥腿子沒人管到底守多久，縣太爺那麼忙才懶得管這種破事。前面下坡村的楊菊花聽說了嗎，親爹死了不到一年就出嫁了，誰又能說啥？」

「你想得還挺周全的。可是這麼突然，叫人家怎麼回答。」柯采依垂下眼簾，似乎害羞了。「你過來，我悄悄說與你聽。」

王大疤一聽，喜上眉梢。雖然他自知長得有點磕磣，但是家境在綿山村算得上富戶，柯采依一個孤女，絕不可能拒絕這麼好的條件。他顛顛的走到她跟前，把耳朵湊過去，期待聽到滿意的回答。

柯采依忍著噁心，看他將那張臉湊過來，抬手就狠狠的掄了他一巴掌。「這一巴掌是替柯采依打的。」

這色鬼早就覬覦原主，半個多月前曾經在河邊試圖調戲她，萬幸當時有旁人經過，她乘機逃脫了。

原主無父無母，才十四歲的小姑娘，遇到這種色痞子也沒個大人可依靠，惶恐得好幾天不敢出門。如今王大疤還敢湊上前來，她正好替原主出口惡氣。

王大疤被一巴掌搧倒在地，臉上頓時起了個手掌印，反應過來後臉色大變。

他爬起來，捂著臉咬牙切齒的罵道：「賤蹄子，給臉不要臉，敢打老子，老子今天非弄死妳不可。」

說著就掄起拳頭衝過來，想往柯采依身上招呼。

柯采依將弟弟妹妹推到身後，靈巧的側身閃過，回身一腳狠狠的踹在王大疤的肚子上，他頓時飛出去七、八步遠。

王富貴驚呼一聲二哥，衝上去想要扶起他。

王大疤感覺五臟六腑像移了位似的，痛得一臉扭曲，完全爬不起來。

柯采依有點驚訝的收回腳。

她為了防身曾經學了兩年多的散打，對付一個流氓綽綽有餘。不過剛剛她那一腳似乎已經遠遠超過了她本來的水準，更何況穿越到這個沒有一點功夫基礎的農家女身上，本應該變弱才對。

這體能增強難道是她穿越的附加福利，會不會有點太敷衍了？現在不是流行系統或者空間嗎？好歹送個新外掛啊。

難不成是因為穿越人士越來越多，所以後來者連金手指都不如前輩了？

這年頭，真是幹什麼都要趁早。

不過再想想有這技能就不錯了，本來她以為什麼都沒有，要赤手空拳闖古代呢。

柯采依對自己的身體狀況做完一番評估後，徑直走到王大疤跟前。

王大疤看到她猶如見了鬼似的，嚇得直往後縮。

這女人不是朵柔弱的小白花嗎，上次見他還嚇得要死，現在這是怎麼了？

她一定是中邪了，一定是。

柯采依居高臨下的看著縮成一團的王大疤。「這一次我就暫且饒過你，下次再欺到我頭上，就不是踢一腳這麼簡單了。我呢，剛剛在閻王爺面前走了一遭，他說我命不該絕，放我回來了。我可是連死都不怕，大不了找個墊背的一起上路。」

她彎腰看著他們兩個，然後壓低嗓音道：「知道欺負沒爹沒娘的孩子有什麼下場嗎？會遭報應的。」

王大疤沒明白柯采依說的到閻王爺那兒走了一遭是什麼意思，只是看著她黑漆漆的眼睛，不禁打了個冷顫，強撐著一股氣說道：「妳別想嚇唬老子。」

「呵，要不要讓我再踢一腳看看？我也不怕你們回去告狀，我巴不得你嚷得全村人都知道，正好讓他們看看，你們王家人平日裡是怎麼欺男霸女的，反正我已經被人說是喪門星了，還在乎那點名聲嗎？」

王大疤噝了噝口水，一句話也不敢回。

「我娘還沒走遠，她都看著呢，說不定晚上會到你家親自找你說道說道。」

柯采依冰冷的眼神讓王大疤從心底冒出了寒氣，他此刻毫不懷疑她說的話是真的，剛剛還不可一世的囂張頓時沒了。王富貴也被嚇得緊緊貼住他二哥，頭都不敢抬。

說完柯采依一手牽著一個娃兒，頭也不回的走了。

還真是家徒四壁！

茅草屋左右各一個房間，中間是堂屋，右側搭了個小廚房。屋外用籬笆將將圈了個小院子，院子靠近廚房處有一口水井，上面掛著個水桶。一個角落裡開闢了一小塊菜地，旁邊還放著個雞籠，不過如今既沒有菜，也沒有雞。

本來柯家養了隻下蛋的老母雞，陳氏生病臥床的那段時間，日漸消瘦，可是家裡實在沒錢買補品，原主便狠狠心將老母雞殺了給陳氏補身子，只不過病入膏肓的人靠一隻雞也無力回天。

堂屋裡擺放著一張四四方方的桌子，幾條長凳。柯采依走進其中一個房間，裡面放了張床，鋪了些稻草算是褥子，床頭有個缺了一角的小櫃子，上面放了面銅鏡，靠牆有個破爛衣箱，此外再無其他像樣的家具。

這個家太簡陋，所有東西幾乎一眼能看到底。這是派她來扶貧的吧，發家致富迫在眉睫啊。

柯采依隨意拿起銅鏡，泛黃的鏡面照得並不清晰，但還是可以看出這張陌生的臉上有雙大大的杏眼，小酒窩若隱若現，不過面色慘白得厲害，一副營養不良的樣子。

柯采依剛滿腹愁緒的坐下，柯采蓮隨即貼了上來，眨著大大的眼睛，滿滿都是崇拜的說道：「姊姊，妳剛剛是怎麼一腳就把壞人踢倒的？」

「是不是很厲害啊？」

「太厲害了。」柯采蓮忙不迭的點頭。

這小姑娘真招人稀罕，就是太瘦了，下巴尖尖，襯托得那雙眼睛更加大。一掐腰身，一點肉都摸不到，身子骨看起來比同齡人更加瘦弱。

不過此刻讓柯采依頭疼的還是那個男娃柯均書，雖說是雙生子，他長得和柯采蓮並不十分相像，濃眉鳳眼，斯文清秀。他從剛才到現在，話沒說幾句，但眼神透露著審視，一看就不好糊弄。

「書哥兒，怎麼一直看著姊姊不說話？」柯采依有點心虛的向他招了招手。

柯均書往她那兒挪了兩步就不動了，想了想還是忍不住問道：「姊姊，妳什麼時候會拳腳功夫了？」

他很瞭解自己這個姊姊，路上碰到不熟的人，害羞得連頭都不敢抬起來。因為太孤僻，村子裡也沒有玩得好的小姊妹。怎麼突然膽子變得這麼大，面對王大疤不僅沒有嚇哭，還把他打趴下了呢？

小小年紀心思怎麼這麼重，還能不能好好玩耍了？柯采依心想，還好她提前準備了說辭。

「我告訴你們，但是你們千萬千萬要保密。」柯采依神秘兮兮的，還裝模作樣的關上門。「我啊，在山上碰到了個老神仙。」

「神仙？」柯采蓮驚呼，烏溜溜的眼睛瞪得更圓了。

「是啊，要不然我為啥在山上待了這麼久才回來。那個老神仙穿著一身白衣服，手裡拿著拂塵，說是恰巧路過，與我有緣，便渡了點仙氣給我。得了那仙氣，當時我就感覺身體變得有點不一樣了，後來遇到王大疤，我也沒想到踢一腳會那麼厲害。」

柯采依面不改色的瞎編。「我看是老天爺覺得咱家以前太倒楣了，看不過去，就派了個神仙來幫咱們呢。」

對不住了，總不能說其實自己已經不是你姊姊，而是來自另外一個時空的人吧。

柯采蓮絲毫沒有懷疑姊姊的話，小心翼翼的問：「那我們就不是喪門星了，我們都是好孩子，對不對？」

柯采依刮了刮她的鼻子。「當然了，哪有神仙會幫喪門星的。」

「真的？」柯均書仍然皺著眉。雖然他有點疑惑姊姊怎麼上了個山變化就如此大，但任他想破腦袋，也想不出面前的這個姊姊已經換了芯子。

「姊姊什麼時候騙過你？不過這事千萬不能被別人知道，要不然就不靈光了，知道嗎？」

這種神神叨叨的事情騙騙小孩就罷了，還是不要傳出去為妙，要不然在這個信鬼神的時代，不知道要徒增多少麻煩事。

到底還是小孩子，聽柯采依說得有模有樣，柯均書很快就接受了這個說法，神情舒緩開來，心裡也忍不住雀躍，家裡是不是要轉運了？

「好了，現在把這件衣裳換了。你記住姊姊的話，王富貴比你大幾歲，所以你輸給他沒什麼大不了的。等過幾年你長高了長壯了，他未必是你的對手。當然姊姊不是教你去打架、去報復，是想告訴你任何時候不要氣餒和害怕，知道嗎？」

這孩子無父無母，又被同齡人如此欺凌，柯采依很怕他小小年紀就有心裡陰影，長歪了就不妙了。

咦，怎麼才剛穿過來，就有當老媽子的感覺？

說著柯采依便動手脫下柯均書身上被王富貴吐了唾沫，又沾滿塵土的衣裳。「至於被他吐了點口水，就當路上遇到條瘋狗，更加不必放在心上。」

「我曉得。」柯均書低聲應了一句。他早就知道村裡很多小孩不願和他們玩，嫌他們晦氣，其實他根本不在乎。不過經過這次事情，他心裡暗暗想著以後一定要變強變厲害，才可以保護姊姊們。

柯采依在衣箱裡翻了翻，找了件洗得發白的舊襖子給柯均書換上。這還是以前陳氏親手給他做的，雖說打了幾個補丁，但還算厚實，秋日裡穿剛好。

剛替他換好衣服，就聽見「咕嚕……」叫的聲音。

柯均書捂著肚子，垂著頭，耳朵紅紅的。

聲音是從他的肚子傳出來的。

柯采依了然，道：「餓了吧，姊姊去做飯。」

原主大清早就上山採藥，因為意外出事，中午沒能回家做飯，雙胞胎也餓了一整天。

廚房很小，收拾得很整齊，也可能是因為根本沒有多少東西可收拾。

米缸裡只剩薄薄一層貼著缸底的糙米，油鹽醬醋也快用盡。梁上掛著個破籃子，籃子裡兜著幾塊乾癟的番薯和一個瓷碗，瓷碗裡盛著兩塊黑乎乎的鹹菜疙瘩。

難怪原主冒著危險也要到深山去採藥，這點糧食撐不了幾天。萬幸她採到了藥，雖然不知道這天麻到底價值多少，但賣了總歸能撐過幾天。
她相信自己就算換了個世界也能活下去，至少不能丟了穿越人士的臉啊。
她取出糙米洗淨，再拿出兩塊番薯，削皮後切成四四方方的小丁，和糙米拌混，然後倒進飯甑裡，再放入鍋中。
灶臺上前後兩個大鍋，一個鍋蒸飯，一個鍋燒菜，中間可以放個壺，燒熱水。她出生於農村，對土灶臺並不陌生，很快就生起了火。
柯采依將在山上採摘的野香菇和野菜取出來，放到一個破了邊的圓笸籮上。這次香菇採了不少，她取出十多個，剩下的打算留著，明兒個天氣好拿出來曬乾。曬乾的香菇鮮香味更加厚重，濃縮精華，和肉一起燉，吸飽肉汁，那味道絕了。
想著想著更加餓了，柯采依用棉布將香菇擦乾淨，掐去根部，在每個香菇上都劃了十字。打算做個油燜菇。
這時柯均書牽著柯采蓮的手走了進來。
「姊姊，我們來幫妳顧火吧。」
柯采依瞥了他一眼，手上動作不停。「好啊，小心點，離灶膛不要太近了，仔細被燙到。」
柯均書乖乖點頭，坐到灶頭邊的小凳子上，時不時添個柴火進去。

柯采蓮也去搬了個凳子，捧著臉乖乖坐在柯均書旁邊。

雖說她早出生一會兒，但她整日裡像跟屁蟲似的跟在柯均書後邊，兩人不像姊弟，倒似兄妹。

「哇，今天有菌子吃。」柯采蓮看到柯采依在切野香菇，歡呼一聲。

柯采依失笑，吃了一個多月的雜糧稀粥配鹹菜疙瘩，換成誰都要吃怕了。

柯采依將香菇準備好後，看著快見底的油罐，猶豫了一下，還是狠心挖了一勺油起油鍋。雖然比不上她以前做菜放的油量，但要是陳氏還在，肯定會很肉疼。

可本就全是素菜，再沒有點油水，這日子怎麼過得下去！

油倒入鍋裡，只聽嗞啦一聲，小小的廚房裡頓時瀰漫出一股油脂的香味。

柯均書見狀，心想姊姊性情真是大變了。要是擱以前，她只會放幾滴有個油腥味就夠了，萬萬捨不得用那麼多油做菜的。

柯采依將香菇倒入油鍋，兩面都微微煎一下，加點水，放入鹽、醬油調味，再燜一會收汁即可，雖然調味品不足，但勝在一個「鮮」字。

接著她又快手做了道清炒馬齒莧。馬齒莧用開水焯一下去除苦澀味，再放點鹽，味道清爽可口。再加上一鍋糙米紅薯飯，這就是她穿越過來的第一頓飯了。

「開飯。」

柯采依給每人盛了滿滿一碗飯，糙米飯和番薯混在一起，米香足而回味甘甜。番薯蒸得熟爛，滿口噴香，再吃上一口香菇，濃郁醇厚的滋味，讓餓了許久的胃終於溫暖起來了。

「好吃嗎？多吃點。」柯采依往兩人的碗裡各挾了一筷子香菇。

「好吃，唔……」柯采蓮嘴裡塞滿了菜，腮幫子鼓鼓的，一嚼一嚼的像倉鼠似的。

「姊，咱家還有糧食嗎？」柯均書戳著飯粒，小小的臉上滿是愁容，一下子蒸了這麼多乾飯，米缸要見底了吧。

「嗨呀，這不是你該操心的事，有姊姊在，不會餓著你們的，快吃吧。」真是窮人的孩子早當家，這娃娃小小年紀操心得太多了。

「嗯。」柯均書聞言也只能壓下心底的擔憂，大口扒起飯來。

比起以前一碗沒有幾粒米的稀飯，還是乾飯好吃。

晚飯過後天就黑了，這時的人們日出而作，日落而息，為了省點燈油，更是早早就睡覺。柯采依躺在床上，聽著身邊兩人發出的輕微打呼聲，望著窗外透進來的一點月光，心裡安慰著自己麵包會有的！

想著想著也就睡過去了。

第二章

天剛露出一抹魚肚白，柯采依就睜開了眼。畢竟是到了一個完全陌生的環境，睡得並不安穩。

她輕手輕腳的下了床，給兩人掖了掖被角，走出房間，從井裡打了桶水，用冰冷的水沖了把臉。井水凍得她打了激靈，這下完全清醒了。

她將剩下的最後一點糙米和番薯混著煮了一鍋粥，又做了個涼拌馬齒莧。做好早飯，她才去把兩個小傢伙從床上撈起來。

柯采依打算好了要去城裡賣天麻，雖說也可以將藥賣給村裡的赤腳大夫，但是怕賣不出好價錢，還是去城裡找正兒八經的藥鋪穩妥些。

柯采蓮聽到要帶他們一起去城裡，頓時心花怒放，嘴角高高揚起，彎成了一道月牙兒。

原主小時候跟著她爹去過一次，這對雙生子是從未去過，這下子連看著沈穩的柯均書眼睛都在放光。

這裡的村民要想置辦東西都得去縣城，尤其是每逢「一四七」的大集更加熱鬧，周邊各地的商販都會前來。

今兒個正好碰上初四，柯采依一來想帶著弟弟妹妹去逛一逛，二來是怕王大疤來報復，不放心把他們留在家裡。

從綿山村步行去縣城要走一個多時辰，很多村民天不亮就起來趕路。不過柯采依不打算走著去，弟弟妹妹還太小，走不了那麼遠的路。

村頭的周大爺有輛牛車，每到趕集的時候他都要去縣城賣菜，順便捎帶村民，一個人一文錢。

柯采依昨天翻遍了家裡，只找到八個銅板，真是一窮二白，不過坐車還是足夠的。

等柯采依他們仨走到牛車那裡時，車上已經坐了幾個人。

原主性子孤僻，不愛接觸人，她家又處在村子邊，所以她跟村裡人並不相熟，甚至有些人都叫不出名字。不過車上有個戴著灰色頭巾的婦人卻是她認識的，是住在她家屋前的牛大娘。

「牛大娘，去趕集啊。」柯采依主動打起招呼，原主不愛搭理人，不代表她也要如此。正所謂「遠親不如近鄰」，與村裡人搞好關係絕對是百利無一害。

牛大娘有點詫異，這丫頭怎麼轉性了？

因為陳氏有一手漂亮的針線活，她去討教過幾次，但每次去柯采依都躲進房間，不怎麼出來見人，為此她還聽陳氏抱怨了好幾次，擔憂這個女兒太過孤僻怕生，以後不會討婆家喜歡，當時她也只能以柯采依年紀還小來安慰她。

後來陳氏的葬禮牛大娘多少去幫襯了點，但之後就與柯家沒有什麼來往了。

不是她心狠，實在是年景不好，她一大家子人也過得緊巴巴的，實在沒能力接濟幾個外人了，故而乍聽到柯采依和她打招呼，愣了一下。

不過牛大娘很快就回過神來，笑道：「是啊，采依。妳這是要帶弟弟妹妹一起去縣城？」

「嗯，他們長這麼大還沒去過呢，就帶他們去轉轉，見見世面。」

牛大娘想了想還是忍不住開口。「丫頭啊，別怪大娘多嘴，我有句話必須說。妳爹娘去得早，現在妳是大姊，妳當家，得早早立起來了，這柴米油鹽樣樣都要錢，要省著花咧。兩人留家裡就好了呀，何必花這個錢坐啥子牛車？」

牛大娘來得很早，佔據了靠裡的一個好位置，腳邊的籃子裡裝著攢下來的幾十個雞蛋和一兜子白蘿蔔，平日裡捨不得吃，都是要去城裡賣錢的。要不是為了趕早去能賣個好價，她都捨不得花錢坐牛車。

柯采依笑笑。「多謝大娘提醒，我心裡有數的。」

「姊姊，要不我們還是不去了吧，在家等妳回來就好。」柯均書年紀小，但心思敏感，已經能聽得懂大人們的話。

牛大娘的幾句話讓他覺得很不安，家裡已經沒錢了，他不應該在這種時候還浪費錢。

柯采依將他摟在懷裡。「姊姊說好了帶你們去就一定做到，乖乖聽話，很快就到了。」

牛大娘見狀也不再多說什麼。

經過幾天秋雨的洗禮，此刻的天空一片蔚藍，在朵朵白雲的映襯下，木塘縣的城樓顯得分外巍巍古樸。

柯采依隨著人流進入城內，她本以為自己已經來得夠早了，沒想到城裡已經是熙熙攘攘，熱鬧極了。

木塘縣處在大運河必經之路上，又建了一個碼頭，故而人來人往，商貿繁榮。街面鋪了大塊的青磚石，十分平整，街道兩旁商鋪林立，小販小攤賣的什物琳琅滿目。

雖說這個朝代商人地位也不高，「商」依然是排在「士農工」後面，但商業已頗為發達，商籍也可以考科舉，江南商區更是朝廷最重要的稅收來源之一。

柯采依帶著柯采蓮和柯均書饒有興致的四處轉了一圈，初次進城的兩人眼睛都忙不過來了，看什麼都新奇得緊。

柯采依不想耽誤功夫，直接向路人借問了下藥鋪的位置，七拐八拐的走進了一家據說是老字號大小的藥鋪。

先賣錢要緊，沒有錢怎麼逛街？

藥鋪裡沒有旁人，櫃檯前站著一個頭戴黑色襆頭，身穿鴉青色交領長袍的中年男子，他低著頭，正對著帳本扒拉著算盤。察覺有人走進來，抬頭一看是三個衣著簡陋的半大孩子，神色有點不耐的問道：「要抓什麼藥？」

柯采依自然能感受到他的不耐煩，不過她並不在意，想想她以前一個人摸爬滾打長大，讀書工作中遇到過數不清的白眼，心理素質強得很。再說進都進來了，至少也得問個價。

於是她當作沒看見掌櫃的惡劣態度，將背簍取下，揭開上面遮蓋的一層布遞到他眼前，問道：「掌櫃的，您這兒收不收藥材？」

掌櫃探頭一瞧，便脫口而出道：「天麻，這個時節野天麻不多見了，妳從何處採來？」

「這是我偶然從山中採到的，您收不收？」

「收，當然收。」

「那您出個什麼價？」

掌櫃略微翻看了一下，接著似乎不甚滿意的說道：「這野天麻雖然難得，但妳就這麼幾個，數量太少了，個頭也不大，這些我最多出一兩銀子收了。」

柯采依臉色不變，只是默默提起背簍，說了句。「打擾掌櫃了，這個價錢太低，我看我還是去別家問問吧。」說完轉身就要走。

掌櫃忙走出櫃檯，攔住她。「哎哎，小姑娘有話好好說，別走啊。」

柯采依回過頭，對他說道：「掌櫃的，我知道這野天麻不比人參、靈芝那麼珍稀，但它長在深山老林裡，也不是那麼容易採到的。這麼一味好藥，我首先就拿到這裡來，全是因為您這是老字號，我以為會給個公道價。既然您沒有誠意做這買賣，那我便去別家，橫豎木塘縣也不止這一家藥鋪。」

掌櫃面色尷尬，看她穿著寒酸，以為就是個意外採到藥材的無知村姑，打算用一兩銀子打發了她。如今聽她說話井井有條，一點也不像一般鄉下女子那樣扭捏，看來倒是小瞧了她。

「小姑娘，我這藥鋪在木塘縣開了好幾代，誰人不知，如果妳拿到別家去，不會有比我出價更高的了。買賣都是談出來的嘛，那妳說，妳想賣多少？」

柯采依不想再饒圈子，直接開價。「五兩，少一分不賣。」

這個價格是她估摸著開的，一般在地裡刨食的鄉下人一年到頭見不著幾個銀錢，這五兩銀子已經夠一戶鄉下人家大半年的開銷了。

掌櫃琢磨著五兩倒也不虧，主要是這時節天麻少見，昨兒有位客人來抓藥正緊缺天麻，這送上門來的實在不想錯過，便一拍手同意了。「好，五兩就五兩。嘖嘖，妳這小姑娘精明得很啊。」

接著他便拿出一個銀錁子遞給柯采依。

想著馬上採買東西就得用錢，整個銀錁子用起來實在麻煩，柯采依請掌櫃換成碎銀子。

他倒也不嫌麻煩，取出巴掌大小的戥子給她換了碎銀子並一吊銅錢，嘴裡還說著讓她下次有藥材再賣給他。

柯采依沒有應承只是笑了笑。

哪還有下次？深山老林的藥材如果那麼好採，那綿山村的村民全都富裕了。

「有錢了！走，咱們去吃好吃的。」

柯采依懷裡揣著銀子，走路都有了底氣，雙生子也是一臉喜色的看著姊姊。

果然不論到了哪個世界，錢才是最大的依靠。

「賣燒餅咧，一文錢的芝麻大燒餅，又香又脆，一個就管飽。」

「紫蘇湯、烏梅湯、二陳湯，各式煎湯茶應有盡有，快來嘗嘗嘍。」

「饅頭——灌漿大饅頭，先開窗，再喝湯，一掃光，滿口香咧。」

「五嫂魚羹，木塘縣最好吃的魚羹，不好吃不要錢啦。」

沿街叫賣的各色吃食令人眼花撩亂，街道上瀰漫著讓人難以抗拒的滾滾香氣，熱鬧程度堪稱古代版美食街。饒是柯采依這個現代人也大為驚奇，三人更是口水四溢，肚子咕嚕響個不停。

柯采依最後選擇了一家擺了五、六張桌子的麵攤，麵攤前面的橫桿上掛了幾個木牌子。

這個朝代的字和她原本世界的古代字很相似，只見牌子上依次寫著豬羊庵生麵、三鮮麵、桐皮麵、雞絲麵、素麵等。

柯采依瞧了瞧已經在大快朵頤的食客，看這家的麵一碗分量頗大，心下有了計算，要了兩碗招牌豬羊庵生麵，再叫小二另外拿了個碗，三個人分著吃。

麵條很快就上來了，用羊肉、豬骨熬得奶白的湯底，泛黃的麵條堆得紮紮實實，上面蓋著幾片半肥半瘦的大肉片，點綴著細碎蔥花。

麵條透著一股麥香，雖然煮得有點過軟，但勝在湯底濃郁鮮香，喝一口熱湯，能從喉嚨一直暖到胃裡，全身的毛孔都彷彿打開了。豬肉片燉得軟爛入味，入口即化。

柯采蓮和柯均書向來吃粗糧吃慣了，從未吃過這般精細的吃食，這會兒也是埋頭吃得不亦樂乎。

吃完麵條，柯采依又買了包麻糖給兩人當零嘴。這個時代因為製糖技術不成熟，故而糖可是金貴物，小小一包麻糖花了二十個銅錢。

柯均書和柯采蓮一人手裡拿著拇指大小的一塊糖，小口小口的舔著，滿足得眼睛瞇成了一條縫。

「姊姊，妳也吃。」柯均書舉著手，將麻糖高高的伸到她的面前。

「吃我的，姊姊吃我的。」柯采蓮也鬧著要她吃糖。

「乖，你們吃，這包裡還有呢，我要吃會拿的。」

柯采依很欣慰，她自認為在這具身體上延續了生命，不論如何都有義務照顧好原主的弟弟妹妹，但看到兩人這麼懂事還是鬆了口氣，萬一遇上乖張頑劣的，她真不敢保證自己有耐心對待。

吃飽喝足後，就要開始大採購了，家裡什麼都沒了，要買的東西太多。柯采依已經在心裡列了一個長長的清單。

按著清單，首先去買了必備的米麵雜糧，辣椒、胡椒、八角、香葉等各式調味品也每樣都買了些。

時鮮蔬菜也不能少，院子裡的菜地已經空了，她又挑了些秋冬能種的菜種子。

柯采依走到豬肉鋪時，案板上所剩的肉已經不多了。這裡油滋滋的肥肉最受歡迎，賣得也貴，要十八文一斤，瘦肉反而便宜，才十二文一斤，肥瘦相間的五花肉則要十五文。

柯采依猶豫了片刻，挑了一條兩斤多重的五花肉，油水足又不膩，兩人肯定愛吃，同時又叫殺豬匠切了一大塊豬板油，這一下頓時花出去幾十個銅板。

殺豬匠看她買得多，還大方的搭了兩根剃得乾乾淨淨的豬大骨。

對於一個現代人來說除了吃，還有什麼最重要？

當然是個人衛生了，洗澡、洗臉、洗衣服啥都能洗的全能澡豆先來一盒，豬鬃牙刷來三把，牙粉是用七種草藥製成的，價格昂貴，柯采依只買了一小盒就花了四十多文，肉疼得不行。草紙也買了一刀，那個叫廁籌的小木片著實用不慣。

買完七七八八的東西，柯采依手裡的銀子頓時去了大半。看著癟下去的錢袋，她琢磨著賺錢要趕緊提上日程了。

回程的路上柯采依揹著滿滿一簍子，又提著裝著米麵的大布袋，走得穩穩當當。

這穿越附加的福利還是有點用的，雖然稱不上是大力士，但體能確實強化了不少。

她帶著弟弟妹妹朝著城門口走去，周大爺的牛車還在那裡等著，卻沒想到碰上了個不想看見的人。

柯采依很樂意同村裡人打好交道，但並不包括她的三叔、三嬸一家。

原主無父無母，但並不是完全沒有親人。當年她的祖父柯老頭帶著全家人逃荒到綿山村，他有二子二女，原主的父親柯義根排行老二，上面有位大姊，下面還有一個弟弟柯義業和一個小妹。

聽陳氏說，柯采依的名字還是柯老頭取的，他年輕時些許讀過點書，因為她是孫輩中第一個出生的孩子，便給取了個諧音「一」的名字「依」。

柯老頭年輕時吃了不少苦，多病纏身，早早就去了。兩個女兒已經遠嫁，他一走，剩下的兩兄弟立刻就要分家。

柯義業和柯義根性子完全不同，嘴巴甜，很會討長輩的歡心，又娶了個精明的媳婦兒趙三娘。趙三娘的娘家是十里八鄉出了名的潑辣戶，趙三娘像極了她娘，刻薄、心眼多。她攛掇著柯義業，不知道對病榻上的柯老頭吹了什麼風，反正最後家產中的良田、牛等值錢大件都落到他的手裡。

如果換做旁人，好處全讓弟弟得了，多半得大鬧一場，但柯義根為人太過木訥老實，不愛爭也不想爭，得了三畝薄田也不抱怨，帶著妻女默默自立門戶了。

這些都是陳氏說給原主聽的，彼時她因丈夫去世日日以淚洗面，旁邊也沒個說話解愁的人，只能對著女兒絮絮叨叨的說些往事，也不管她聽不聽得懂。

本來兩家分家後就沒有太多往來，主要是趙三娘不想與她家來往。沒想到陳氏去世後，趙三娘假惺惺的來墳前掉了幾滴眼淚，轉頭就把她家所剩的那三畝田地拿走了，美其名曰是她姊弟還小，家裡沒有大人，種不了田，她是看姪子姪女可憐幫個忙，信誓旦旦的說到時候會把糧食還回來。

明眼人都看穿了趙三娘的算計，可原主心思單純，哪想得到她的彎彎道道。這不，田地一給出去，趙三娘再沒有來過她家，哪裡關心過她們姊弟的死活。

柯采依只要一想到這些事，就沒法對這個女人擺出個好臉色。

這時趙三娘穿著對襟寬袖長袍，挎著個籃子，一搖一擺的迎面走了過來，吊得高高的眉眼間不似以往對她的不屑一顧，而是帶著一股熱切。

「喲，這不是采依嗎？來趕集啊，買了這麼東西哪。」趙三娘看著柯采蓮手裡拿著的麻糖，眼睛都紅了。這死丫頭哪來的銀錢買這麼多東西，還買得起糖？

柯采依不是很想搭理她，口氣有點硬。「不過是一些雜物罷了。」

「少唬我了，我看著這袋子裡像是糧食吧，這麼多糧食，妳哪來的錢？」趙三娘說著還上前一步，想掀開布袋來看。

柯采依抓緊布袋口子，不動聲色的往後一挪，有點生氣了。「是糧食又怎麼了？家裡一點吃的都沒了，田地又被某人拿走了，我不來買，全家就要喝西北風了。」

趙三娘一聽不高興了，左手扠腰，右手虛空指著她道：「某人？妳這小丫頭片子什麼意思？」

柯采依睜著大大的眼睛，一臉無辜的樣子。「沒什麼意思啊，三嬸以為什麼意思？」

趙三娘皺著眉頭，拉著一張臉道：「我是看妳爹娘都沒了，家裡一個成年男丁都沒有，才好心好意要幫著種地的，放你們幾個小娃娃手裡，估計連田在哪裡都摸不著邊，真是好心當成驢肝肺。」

柯采依嗤笑一聲。「三嬸幹麼這麼激動？我又沒說什麼，我還等著妳把糧食種出來還給我們呢。畢竟我們姊弟已經沒爹沒娘，那三畝地就是最後的依靠了，相信妳定不會做這種奪人口糧的事吧。」

趙三娘聽了這話，臉上有點訕訕的。「那是自然了。」

想得美，她辛辛苦苦種的地，一粒米都別想拿回去。

她原想掉頭走人，可是看著那一袋子糧食著實眼熱，要是拿回家去，可以吃上個把月了。這仨賠錢貨算什麼東西，根本不配吃。

趙三娘動了動心思，對著柯采依擠出個笑臉道：「這袋子很重吧，妳一個小娃娃拎不動的，三嬸來幫妳，來，給我。」

「不用了，三嬸要是忙，請自便，我們要回去了。」柯采依輕輕鬆鬆的提起布袋，帶著弟弟妹妹繞過趙三娘，繼續往城門口走。

「妳給我站住！」

這死丫頭片子一再給她甩臉子，趙三娘惱羞成怒，連表面的笑臉都懶得維持了。

「妳到底是怎麼當姊姊的，這兩個小的見了人連個三嬸都不喊，就是這麼對長輩的？還知不知道什麼叫孝順？」

柯采蓮被趙三娘尖銳的喊叫驚了一跳，有點惴惴不安的小聲開口：「姊姊。」

柯采依忍不住朝天翻了個白眼，這婆娘還有完沒完了。

她回過頭朝趙三娘冷笑道：「該叫的人他們自然會叫。」

「妳什麼意思？」

「什麼意思妳聽不懂嗎？三嬸，我奉勸妳一句，現在我們大路朝天，各走一邊，少來惹我，要不然舊帳新帳一起算。」

趙三娘沒想到柯采依會說出這番話來，一時怔住。

柯采依不耐煩再搭理她，轉頭就走了。

趙三娘一臉陰鬱的盯著柯采依三人遠去的身影，後槽牙都快咬碎了。

這賤蹄子以前一向是個性子軟趴趴、任人拿捏的，怎的這下變得伶牙俐嘴起來了，還有買東西的銀錢從哪裡來的？她那短命的娘斷不會有什麼值錢的遺物，不然也不會沒錢治病了。不行，她一定要搞清楚不可。

「姊姊，我討厭她。」

到家後，柯采依將買來的東西一一歸置，柯均書默默跟在她身後，突然悶悶的來了這麼一句。

他雖然年紀還小，但早早就開始記事，這三嬸攏共沒來過幾次，但每次來都是鼻子不是鼻子、眼不是眼的，很是瞧不起人。

「我也很討厭她，沒事的，我們以後離這種人遠遠的。」

她遲早會把家裡的田拿回來的，現在最要緊的是趕緊把這個家立起來，只有這樣以後才有能力去反抗。

第三章

在原來的世界，很多城裡人會專門跑到鄉下去體驗農家樂，甚至連土灶臺都當作是一大樂趣，孰不知真正的農家生活也有許多不便，比如現在柯采依就發現廚房裡沒有柴火了。

看看日頭還沒有落下，柯采依便打算去山腳撿些樹枝湊合著用，日後倒是可以花錢去買。村裡有專門砍柴賣的老翁，一文錢可以買上許多。

上次進山走的山路是村民們這麼多年一點點走出來的，故而那處的山腳能撿到的柴火基本都被村民撿光了。所以柯采依這次特意繞到後山，那兒稍微偏僻一點，還有很多枯枝腐木沒被撿走。

不過能直接用的卻也不多，因為都被前兩天的雨水打濕了。柯采依挑挑揀揀才湊到一些乾燥的枯枝。

「唉，果然穿越並不是想像的那麼美好。」柯采依嘴裡嘟囔著。雖然她一向自詡樂觀，但是從現代社會一下子來到農業社會，這種落差就在撿柴火這類瑣事上暴露無遺了。

柯采依撿著撿著，越走越偏，突然她隱隱約約聽到一聲聲忽有忽無的啼哭。她側耳傾聽，哭聲好似是從林子裡傳來的，她按捺不住好奇心，悄悄的走了過去，就看見一個女子正站在木塊上，將頭伸進樹上垂下來的繩套中。

這……這是要上吊！

從沒在現實中見過這種場面的柯采依倒抽一口涼氣，喉嚨像被梗住了一樣。就在她愣神的這會兒，那女子已經一腳踢掉木塊，整個人懸在空中，雙腿不停的亂蹬亂踢，頗為痛苦的樣子。

柯采依猛的回神，不行啊，不能見死不救。

她連忙飛奔過去，一把抱住那女子的腿使勁往上托，她心跳得厲害，感覺手都在打哆嗦。

還好女子個子不高，套的繩子比較低，柯采依力氣又大，很快就把她從繩套中解救出來。一脫離繩子，兩人因為慣性頓時跌坐一團。

「咳咳……嗚嗚……咳……」那女子一下來就捂著脖子不停咳嗽，眼淚鼻涕齊飛，那場面叫一個慘烈。

「妳感覺怎麼樣啊？有沒有哪裡不舒服？」這種時候要不要去看大夫呢？柯采依心裡沒有把握，只能先扶著她的肩膀，輕輕拍著她的背。她現在是心有餘悸，要是晚來那麼一會兒，這兒可能就只有一具屍體了。

女子渾身顫抖，捂著臉不停的哭，緩了好一會兒，沙啞的聲音才從指縫間流出。

「為什麼要救我？為什麼要救我？讓我死了算了，嗚嗚嗚……」

柯采依看著女子身上單薄破舊的衣裳，捂著臉的雙手粗糙不堪，佈滿了乾裂的紋路，她的心裡一陣酸澀。

「我不知道妳遇到了什麼難關，但是人這一輩子沒有過不去的坎啊。」

「妳不懂，妳不懂的。」

「那妳也要想想妳的家人啊，是不是，妳這麼尋了短見，讓他們怎麼辦？」

「家人……呵呵……家人……」女子呢喃了幾句，不知道想到什麼，哭得更悲慟了。

柯采依也明白乾巴巴的幾句勸慰，對於一心求死的人來說並沒有什麼作用，因為她不能體會當事人的痛苦。

但是要她眼睜睜看著別人在她面前自殺而無動於衷，也是萬萬做不到的。

「巧丫……巧丫，妳在哪兒？」

正當柯采依不知道怎麼勸解她時，就聽到一個男子焦急的呼喊聲。

一直埋頭哭泣的女子聽到喊叫聲終於有了點反應，她張張嘴想回話，卻又突然慌張的用袖子擦拭眼淚。

她看向柯采依，怯怯的說道：「能不能請妳幫我保密？不要告訴別人。」

可是已經來不及了，那個男子已經發現了她們，飛速跑了過來，再說繩子還掛在那裡，明眼人一看就明白了。

「巧丫！」男子看到樹上的吊繩，臉色勃然大變。他緊緊抓住她的肩膀。「妳怎麼這麼傻，妳怎麼能尋短見，妳死了讓哥哥怎麼辦？」

巧丫再也忍不住，伏在哥哥的肩膀上泣不成聲。「哥，我沒辦法，我不知道該怎麼辦。」

「哥不是說了嗎？我會想辦法的。」

原來這兩人是兄妹，看著眉眼的確有點像，瞬間打破了柯采依心裡給他們安排的被棒打的可憐鴛鴦的劇本。

兩兄妹抱頭難過了好一會兒，才似乎終於想起旁邊還有另一個人的存在。

男子一臉感激道：「多謝姑娘救下我妹子，我周大青定不會忘記今日這恩情，日後有什麼需要幫忙的儘管開口。」

柯采依擺擺手。「舉手之勞罷了，倒是你要好好勸解下你妹妹。人沒了就什麼也沒了，活著總還是有希望的。」

周巧丫紅著眼睛點了點頭，倒也不再尋死覓活。

其實剛剛也是一時衝動尋了短見，但是那無法呼吸的瀕死感覺她這輩子也忘不了，如今也沒有勇氣再來一次了。

被周巧丫這件事一鬧耽擱了不少時辰，柯采依和他們兄妹道別後，匆匆忙忙抱著撿來的柴火趕回家去。

她一到家就著手準備晚飯。

這裡人嫌棄豬大骨一點肉末都沒有，都不大愛吃它，卻不知其滋味之妙。她將殺豬匠送的豬大骨洗淨，放入冷水中焯一遍，除去血沫。再次洗淨後放入滾開的鍋內，加入薑片和蔥結，就放在一邊讓它慢慢熬著。

這邊熬著豬骨湯，那邊柯采依又取出麵粉，加水揉成麵團，放在案板上醒麵。

今晚的主食就是豬油渣薺菜餅。

這次買的豬板油厚約兩寸，油汪汪的，亮得反光。柯采依將豬板油切成均勻的小塊，下鍋後加入一碗清水，這樣熬出來的豬油會更加潔白。不一會兒鍋裡就傳出「嗞嗞」的聲音，軟軟的豬油塊也都縮成了一個個金黃色的硬塊，動物油脂的香味充斥著鼻腔，一大鍋豬油慢慢被熬出來。

她將豬油盛在備好的陶罐裡，熬油剩下的豬油渣就是今日晚餐的主角。

剛剛熬出來的豬油渣焦香撲鼻，一口咬下去酥香，撒點鹽巴，就是一道備受歡迎的下酒菜。

柯采依拿了個小碗裝了點豬油渣，喊來柯采蓮和柯均書，讓他們在飯前墊墊肚子。

兩人聞著豬油渣直呼好香，小心翼翼捏起一個放入口中，手上就停不下來了。

柯采依失笑的看著兩個小吃貨，忙不停的又將昨兒摘到的薺菜洗乾淨，切碎了和豬油渣拌在一起，撒點鹽和胡椒調味。再將醒好的麵團擀成一張張薄薄的麵餅，鋪上薺菜豬油渣，最後按壓成圓圓的餅胚子。

做著做著，兩個孩子也不禁被吸引，站在只比自己矮半個頭的案檯邊，出神的望著姊姊手裡忙個不停，眼神裡滿滿都是崇拜。

看著兩人亮晶晶的眼睛，柯采依心軟成一片，她輕聲說：「再等會兒啊，很快就可以吃了。」

就著油鍋放入餅胚，小火慢慢烙，兩面煎成金黃色後，就可以出鍋了。

柯采依一口氣烙了八個，足夠吃了。

那廂豬大骨湯也熬好了，只需再加點鹽，滴幾滴香醋，撒些蔥花，一道滋補的大骨頭湯就完成了。

柯采依打發弟弟妹妹去堂屋坐著，自己將豬油渣薺菜餅和豬骨湯端上飯桌。剛剛起鍋的油渣餅外酥裡嫩，香氣撲鼻。軟嫩的薺菜吸飽了豬油渣的油水，又鮮又香，咬一口滿嘴汁。

大骨湯熬得奶白，喝下去還有點糊嘴，滿滿都是膠原蛋白，加了醋一點都不膩。

柯采依看兩人光顧著喝湯，卻不知如何吃大骨頭，便親自示範。她揀出一塊大骨頭，將中間滑膩的骨髓捅出來，吃給他們看。

這才是豬大骨的精華啊。

「原來這裡也可以吃，好好吃。」柯采蓮發現了這新奇事物，一臉的驚喜。

柯均書則一本正經的學著姊姊的樣子，吮吸著豬大骨，兩頰一鼓一縮，吸不出來時，還有點不好意思。

柯采依示範了一回，就讓兩個小孩兒自己動手去了。她一口餅一口湯，滿足得喟嘆一聲。這才是生活啊。

第二天一大早，柯采依扛著把鋤頭將院子裡的小塊菜地整個都鬆了一遍。萬幸是來到了南方，如果穿去了北地，大冷天的那地又硬又乾，實在麻煩。

她鬆土後，播下種子，澆點水，再撒點草木灰，充當肥料。

這塊菜地著實不大，柯采依也沒有種太多，只種了些蘿蔔、青椒、雪裡蕻和絲瓜。

待絲瓜長起來，還要立起架子讓它爬藤。想到爬藤，柯采依又琢磨著到時候可以種些葡萄，葡萄架下放上些石桌、石凳，倒也分外有趣。

只不過那樣一來這院子就顯得擁擠了，還是買個大房子更方便些，如果能再買上些田地就更好了。

柯采依這美夢越作越遠，對著光禿禿的菜地差點樂出聲來。

柯采依一邊美滋滋的幻想，一邊灰頭土臉的撒草木灰。理想很豐滿，現實很骨感啊。

「你們要好好長啊。」柯采依自言自語道，她以前也沒有種過菜，完全是靠著一些原主的記憶和以前在書本看到的知識，摸索著種。也就是說，這些菜的成活主要還是得靠它們頑強的生命力。

「采依。」

正埋頭苦幹的柯采依聽到有人叫她，抬頭一看，竟然是周巧丫。

她拎著個竹筐子站在她家院子外面，探頭張望著。

「巧丫，妳怎麼來了？快進來。」

柯采依將周巧丫迎進屋內，自己先去洗手，然後給她倒了杯水，又準備去拿點吃食出來待客。

「采依，妳不用忙了，我來送個東西就走。」周巧丫看柯采依忙來忙去的架勢，連忙叫住她。

柯采依一臉疑惑。「送東西，什麼東西？」

「就是這個。」周巧丫掀開竹筐上蓋著的破布。

柯采依定睛一瞧，驚訝道：「兔子，這是？」

周巧丫有點赧然道：「我哥哥經常會去後山打獵，這是他昨兒在山中設下的陷阱捕到的野兔，他一大早就去抓了下來，讓我給妳送過來，算是答謝妳昨天的救命之恩。我們沒有什麼好東西，希望妳不要嫌棄。」

這隻野兔被草繩捆著雙腳，眼睛還在滴溜溜的轉，肉乎乎的，皮毛油光水滑，很是肥美。

「好肥的兔子，妳哥哥太客氣了，我都說了是舉手之勞。」柯采依遲疑片刻，忍不住開口。「妳現在怎麼樣，會不會怪我太多事啊？」

周巧丫搖了搖頭。「說實話，當時被勒住脖子的剎那我已經後悔了，原來死是那麼痛苦的一件事，所以我要謝謝妳救了我。」

周巧丫嘴裡說著謝謝，但眼裡還是有濃濃的陰霾。

柯采依張了張嘴，卻又無法開口。到底要不要問呢？可這是人家的私事。

「采依，妳是不是不記得我了？」周巧丫突然開口來了這麼一句。
「呃……我們以前認識嗎？」柯采依翻了翻原主的記憶，對她並沒有印象。
「我昨天匆忙間沒有認出妳來，回去之後才想起來的。以前妳還住在老宅的時候，我們兩家挨得近，還一起玩過呢。不過那都是小時候的事情了，後來分家你們搬走了，會忘記也不奇怪。」
柯采依有點尷尬，這原主的記憶也忒不行了。原來是小時候的玩伴啊，難怪周巧丫能找上門來，她記得昨天明明沒有自報家門。
「對不住，我這腦袋不記事的。」
「說哪裡話，我昨兒也沒有當即認出妳來啊。妳變了好多，我記得小時候妳不愛說話，我們一起玩的時候，妳總是像個悶葫蘆。」
柯采依撓了撓腦袋，訕笑兩聲。「人總是會變的嘛。」
看周巧丫說著往事，神色似乎輕鬆了不少，柯采依小心翼翼的問道：「巧丫，我有句話不知道該不該問。」
周巧丫瞧她一臉欲言又止的樣子，已經明白她想問的是什麼，她垂下眼簾。「妳是想問我為什麼尋短見嗎？」
柯采依忙道：「如果妳不想說的話就算了。」

周巧丫苦笑一聲。「也不是不能說，是我爹，我爹給我說了門親事，可是這親事……」

原來她爹周江嗜酒如命，常常喝個爛醉，還時不時愛去賭兩把，家裡的錢幾乎都被他嗜酒濫賭耗費盡了。幾天前，他醉醺醺的回家，突然告訴女兒一個驚天消息，他已經把她許配給下坡村的李二柱做續弦。

周巧丫一說到這兒，淚珠啪嗒啪嗒掉了下來。「那李二柱論年紀都可以做我爹了，他的女兒都比我大，我爹卻要把我嫁過去。我不想嫁，可是我爹卻說李二柱許諾的聘禮十分豐厚，是頂好的人家。」

柯采依萬萬沒想到事情的真相是這樣。

是了，這個時代十四歲的姑娘就可以說親了，周巧丫和她年紀差不多，談婚論嫁倒也不奇怪。可除非是家裡窮得揭不開鍋，否則很少有爹娘會將閨女嫁給相差歲數如此之大的人家，更別提嫁過去就要當後娘，這不明擺著是賣女兒嗎？真做出來，還不得被人戳脊梁骨戳死。

周巧丫紅著眼睛哽咽道：「昨天我爹又提起這事，說過兩天媒婆就會上門。我死活不同意，求了他很多次都沒用，所以一氣之下才會想一死了之。」

「那妳娘呢？」

「我娘過世好幾年了。」她一臉哀傷。「以前我爹不是這樣的，小時候他還會抱著我，誇我和娘是一個模子刻出來的。可如今他除了喝酒就是賭錢，家裡事一概不管，都是我和哥哥操勞。其實我知道他就是為了聘禮錢，因為家裡已經沒錢給他去喝酒賭博了。」

聽完周巧丫的話，柯采依一陣沈默。真是家家有本難念的經，她穿越過來無父無母，還拖著嗷嗷待哺的弟妹，自認夠艱難，沒想到如果碰到個這樣糊塗的爹更加淒慘。更為可悲的是，這裡講究「父母之命，媒妁之言」，又有多少人能違抗得了這傳承千年的禮教。

柯采依斟酌著開口。「昨兒聽妳哥說他會想辦法，他可是有了什麼法子？」

周巧丫嘆了一口氣，眉頭皺得更緊。「我哥他沒說，但是我怕他衝動下會找上李二柱家，逼他放棄上門提親。萬一鬧出事來，我不想因為我的事害了他。」

「那妳可還有外婆、娘舅什麼的？他們定不能同意這婚事的，請他們來勸勸妳爹。」

「我娘是從很遠的地方嫁過來的，早就斷了聯繫，我從來沒見過外婆。」

柯采依看著周巧丫通紅的雙眼，她心裡很不是滋味。要是在她以前的世界，這個年紀的小姑娘還在讀書，懵懂天真，這些骯髒事應該離她很遠很遠才對。

她沒有聖母心，可是要她一個二十多歲的靈魂看著這個原本還未成年的姑娘跳入火坑，真的很難袖手旁觀。

柯采依撐著下巴，忽然想到了什麼。她思忖了片刻，冒出了個主意。「妳剛剛說妳和妳娘長得很像，是不是？」

周巧丫聞言疑惑道：「是啊，我爹是這麼說過，怎麼了？」

柯采依露出一抹神秘的微笑，輕聲說道：「我想到了一個也許可以幫妳的法子，但是必須靠妳自己才行。」

周巧丫聽了柯采依的話，半信半疑的走了。

她送的野兔，柯采依終歸是留下來了，收下也好，省得叫他們覺著虧欠了別人人情似的。

看著肥美的兔子，柯采依也不禁嚥了嚥口水，的確很久沒有吃兔子了，尤其是這種山裡長大的野兔，以前的她很難得吃到。

「姊姊，咱們今天要吃兔子嗎？」柯采蓮蹲在地上，小手輕輕的摸了摸兔子的毛，圓圓的眼睛裡都是不捨。「可不可以不吃牠，把牠養起來好不好？」

「可是妳看這兔子的腳上已經受了很嚴重的傷，活不了多久了。」

柯采蓮聞言難過的低下了頭，柯采依摸了摸她的小腦袋，柔聲說道：「如果妳想養小動物，下次姊姊買隻小狗，或者買兩隻小雞仔回來好不好？到時候妳就負責替姊姊照顧牠們。」

「真的？」柯采蓮的眼睛亮了起來。

「當然。」

柯采依靈機一動，突然想到了自己要怎麼賺錢。

她這兩天一直在思考，要把這個家立起來，靠在土地裡刨食是遠遠不夠的，更何況她也不會種地。而她別的不會，只是有點廚藝，在這個世界應該還行得通，最好的路子就是做吃食營生。

只是她沒想好賣什麼吃食，這野兔倒是讓她得了靈感，她可以做冷吃兔去賣。想想如果要去擺攤的話，爐灶鐵鍋、桌椅板凳，一整套下來又是一大筆的銀錢，她手裡的錢卻已經所剩不多了。

如果賣冷吃兔的話，只需在家做好，裝在容器裡，帶到城裡去賣即可，還不需要擔心食物變涼，因為它就是冷著更好吃。

上次她在城裡觀察了一番，並沒有看見賣冷吃兔的。這道菜是西南地區鹽幫菜的特色，想來對這江南地區的人來說會是個新鮮物。更何況有句俗話說「飛禽莫如鴣，走獸莫如兔」，兔子的營養價值早就被認可了，想來大有可為。

柯采依越想越覺得幹勁十足，今兒就做這道冷吃兔。她挽了挽袖子，俐落的將野兔宰殺剝洗乾淨。

這隻兔子去掉毛皮之後還有兩斤多重，肉質粉紅細嫩，做冷吃兔最合適不過了。柯采依麻利的將兔肉切成手指節左右大小的丁狀，用八角、大料、薑蔥、鹽和料酒等醃片刻。

趁著醃製兔肉的功夫，柯采依又飛快的做了道清炒白蘿蔔。白蘿蔔生津潤肺，和麻辣味重的冷吃兔葷素搭配，正好調和一番。農家自個兒種的大蘿蔔水分充足，清脆甘甜，光生吃兩口就讓人胃口大開了。

兔肉醃好後，放入滾水中汆燙，去除血泡和異味。之後灶臺起大火，鍋裡油熱了後，將兔肉倒進去翻炒至脫水，再加入醬油，收汁後就可以加入花椒和乾辣椒段。

這辣椒和花椒一下鍋裡，濃烈的辣味撲面而來，嗆得柯采依都連打了幾個噴嚏。

「好香好香。」柯采蓮和柯均書聞著味躥進廚房，使勁的吸了吸鼻子。

呵，這兩人倒是不怕辣。

冷吃兔裝盤後，撒上一簇蔥花，看著油紅亮亮的，令人食指大動。

柯采依提前蒸好了米飯，飯菜一端上桌，柯采蓮就迫不及待的動筷子挾起一塊兔肉。

「哇，好吃。」柯采蓮咀嚼兩下，又伸手挾第二塊。「好辣，好麻，但是好好吃喔。」

柯采依看著柯采蓮一邊不停的挾菜，一邊又辣得用手在嘴邊搧風，不禁失笑。「妳慢點吃，小心被辣椒嗆到，到時候有妳受的。」

柯均書也挾起兔肉，細細品了品，眼睛露出異樣的光彩。「姊，這道菜叫什麼啊？好好吃，我從沒吃過這麼好吃的菜。」

「這叫冷吃兔。」

「為什麼叫冷吃兔啊？明明是熱呼呼的。」

「因為它放冷了之後更入味，吃起來別有一番滋味。現在咱們趁熱吃兩口，待會兒涼了你再嘗嘗就知道了。」

「好。」柯均書乖乖點頭，冷了會更好吃，那他一定要試試。

柯采蓮自己也嘗了嘗，又鮮、又辣、又麻，過癮！其實因為不知道這雙生子能不能吃辣，她做菜時已經斟酌著少放了點辣椒。不過看柯均書臉色一點未變，那采蓮丫頭雖然辣得腦門出了一層汗，可還是一口一口停不下來。

正當柯采依和弟弟妹妹吃得熱火朝天時，一個惱人的女聲就響了起來。

「喲，這伙食真是豐盛啊！」

一聽到這聲音，柯采依嘴角立馬耷拉下來，真是陰魂不散。

趙三娘健碩的身體往堂屋門口一站，室內的光線都暗淡了不少，她的身邊跟著一個男娃娃，嘴裡不住的啃著右手大拇指。

柯采依抬起眼皮瞟了一眼趙三娘，淡淡的開口。「三嬸這次來，又有何貴幹？」

「我來串門子啊，看看你們姊弟三個。」趙三娘的口氣格外的親切，她走到桌邊，掃視了一遍，眼睛亮了。「哎喲喲，這恁大的一盆肉，采依丫頭妳如今可是闊了，昨兒買了那麼多糧食，現在又吃得這樣好，是在哪裡發的財，讓三嬸也跟著沾沾光唄。」

「這是別人送的兔子，不是我買的。」趙三娘一來，柯采依就放下了筷子，對著她再美味的東西也吃不下去。

「兔子！好香，我要吃兔子肉，娘，我要吃肉。」男娃一看到肉，抓著趙三娘的衣角，不依不饒的鬧了起來。他娘本來說帶他來有糖吃，現在看到這兔肉更想吃了，他還從未聞到過這麼香的肉呢。

「好好好，陽哥兒不鬧啊，娘抱你上去吃。」趙三娘旁若無人，將柯均陽抱上長凳。他直接踩在凳子上，手立刻伸向了那盆冷吃兔。

柯采依眼疾手快的將兔肉往旁邊一挪，柯均書立即像護食的老母雞，將兔肉護在懷裡。

柯均陽撲了個空，小嘴一癟，放聲哭鬧起來。

趙三娘臉色沈了下來。「妳這是做什麼？陽哥兒是妳堂弟，吃點肉都不行了？」

柯采依挑眉道：「到別人家做客，未經主人同意就上桌拿東西吃，這就是三嬸教出來的規矩？」

「什麼做客不做客的，他是妳堂弟，是柯家的香火苗，別說吃點肉了，就是把這盆都端走，妳做姊姊的也得讓。」

柯采依暗覺好笑，反問她：「那照三嬸的意思，書哥兒也是柯家的香火，他是不是也可以上妳家吃妳的米、穿妳的衣了？」

趙三娘脫口而出：「作妳的白日夢。」

說完她才明白被柯采依的話饒了進去，面子頓覺有點掛不住，眼神仍像刀子一樣射向柯采依。

「三嬸，咱把話擱這兒撂明白了，妳不就是想知道我哪來的錢買糧食嗎？很簡單，我就是湊巧在山裡採到了些藥材，換了點錢。那錢買了點糧食全花完了，這兔子也是別人給的，所以妳不用再惦記我家有什麼了。妳要想賺這個錢，也可以上山去採啊，沒人攔著妳。」

柯采依不想再和趙三娘糾纏此事，山中有藥本來就不是什麼秘密，全看你自己有沒有本事採到而已。
趙三娘的確是打著這個算盤，如今三言兩語被她點破，又羞又臊。不過要她服輸也不是那麼容易的，她正想回嘴，卻聽見柯均陽「哇」的一聲又哭了。
原來他見娘只顧著和柯采依說話，卻不給他肉吃，自個兒下了桌跑到柯均書身邊，踮起腳伸手想抓兔肉吃。
柯均書自然不依，毫不猶豫的伸手「啪」的打下了柯均陽的手背，這才惹得他哭鬧起來。
趙三娘見寶貝兒子受了氣，怒火中燒，衝過去就想往柯均書腦袋上打下去。
柯采依瞬間起身抓住她的手腕，神色凌厲道：「妳敢。」
趙三娘從小做慣了農活，本身又比一般婦人健壯一些，可是被柯采依抓住手腕，她卻絲毫動彈不得，心下大駭。
「妳帶著兒子到我家來又哭又鬧，現在還想打人？我跟妳說過了，現在咱們井水不犯河水，誰也別惦記誰家，我家不歡迎妳，妳趕緊帶著妳兒子走人。」柯采依說完將趙三娘的手用力甩開。
趙三娘剛剛無法掙脫，現在被她一甩，登時站立不穩，踉蹌的後退了幾步。
「妳、妳妳！」趙三娘半是氣極，半是心虛，萬萬沒想到此番來半點好處沒撈到，還被教訓了一番。

她啐了一口，拉著柯均陽就往外走。「呸，喪門星，求我我還不來呢。」

「娘，妳不是說有糖吃嗎？我要吃糖，要吃肉啊！」

趙三娘氣急敗壞道：「吃什麼吃，喪門星的東西有什麼好吃的，回家去。」

柯采依在屋內還能聽見柯均陽一路哭嚎的聲音，她當然知道趙三娘不可能就此甘休，但她也不是被嚇大的，兵來將擋，水來土掩嘍。

且說趙三娘受了一肚子氣，腳步飛快的到了家，一進門就看到柯義業坐在院子裡，蹺著二郎腿抽著煙袋。

柯義業緩緩吐出一口煙。「這大中午的，妳不在家做飯，幹什麼去了？」

趙三娘沒好氣道：「看你那倒楣姪女去了。」

柯義業在田裡忙碌了一上午，回到家就等著口熱飯吃，卻發現自己婆子不在家，還以為她上哪家閒嗑去了，沒想到她去的竟是二哥家。他將煙袋鍋子往鞋底磕了磕，疑惑道：「采依？妳找她幹啥，妳不是一向不待見她？」

趙三娘並不想告訴他自己剛剛被一個十四歲的小姑娘嚇到了，只能恨恨道：「你二哥一家果然都是掃把星、討債鬼。」

柯義業不滿道：「妳嘀嘀咕咕說啥，沒事就趕緊去做飯，都什麼時辰了，我吃完飯還得下地幹活呢。」

趙三娘再厲害也不敢對自己男人甩臉子，訕訕的住了嘴，憋著一肚子氣走進廚房。一進去就看見她的二女兒柯如桃正踮著腳從灶臺上的碗裡抓餅子吃，她狼吞虎嚥的啃了兩口，完全沒注意身後有人。

這餅子是早上沒吃完的，本想著中午熱熱還能吃，被柯如桃髒兮兮的小手一抓，糟蹋了大半。

趙三娘頓時暴跳如雷，衝上去拉著柯如桃的胳臂，一巴掌就呼到她的臉上，罵道：「吃吃吃，死賠錢貨，就知道糟踐東西。」

說完猶不解氣，猛的一推，小女娃跌坐在地，頭也磕到了灶角。

可是她一滴淚也沒流，眼神裡一片麻木，只是抬起骨瘦如柴的手捂住額頭，喃喃道：「娘，我好餓。」

都說「疼老大，護老三，老二就是一片磚」。柯如桃今年九歲，上面有一個姊姊柯如蘭，下面就是弟弟柯均陽，她從生下來就是爹不疼、娘不愛，在他們眼裡，她還比不上柯均陽的一根手指頭。

哪怕同是女兒，柯如蘭因為是第一個孩子，早年多少還得了些爹娘的疼愛，但是到了柯如桃的頭上，不是打就是罵，恨不得沒生過她才好。

趙三娘看著面黃肌瘦，頭髮猶如枯草般的小女兒，又想到柯采依那張越來越像她早死親娘的臉，臉色越發陰沈可怖。

她一摔案板，對著柯如桃喊道：「還杵在那裡幹什麼，等著吃閒飯啊，滾過來生火！」

柯如桃不敢違抗娘的命令，要不然等會兒又沒飯吃了，她趕緊跑過去，蹲在灶膛邊認真生起火來。

「娘，我出去一趟啊。」大女兒柯如蘭一蹦一跳的走到廚房門口，通知了她娘這一句。

相比柯如桃灰頭土臉的模樣，柯如蘭穿著半新的衣裳，袖口繡了蘭花，顏色泛舊，一看就是洗過很多次的，只不過主人愛惜，整理得還不錯。她頭髮也梳得整整齊齊，細長的眉眼間都是笑意。

「大中午的幹什麼去？」趙三娘瞪了她一眼，雖說她對這個大女兒沒有像二女兒那般，但也是萬萬比不上她的寶貝兒子的。不過柯如蘭長大了，經常都使喚不動她了。

柯如蘭滿心歡喜的說道：「聽說李仁哥哥回來了，我要去看他。」

趙三娘一聽撂下臉。「早跟妳說了，李仁是正兒八經的書生，怎麼會看上妳？趁早死了這條心吧。」

「我不信，李仁哥哥會喜歡我的。」柯如蘭頂了一嘴，轉身就跑了。

趙三娘惱火道：「死丫頭，生了妳們兩個賠錢貨不知道有什麼用。」

柯如桃縮了縮肩，埋頭盯著閃爍的火焰不敢回話。

第四章

柯采依有點沮喪，為什麼別的穿越女主隨隨便便都能打到野豬，她卻連隻兔子都逮不到？

實際情況是她連兔子窩的邊邊都沒摸到，空有一身好功夫，卻派不上用場，看來正兒八經的野外打獵真不是那麼簡單的。

她在山上一無所獲，便徑直往家走，回去再好好打算一下這冷吃兔的買賣吧。

她走到半道，路過一戶蓋著兩間大瓦房的人家時，瞧見門口停了一輛雙輪馬車，車前套著一匹通體漆黑油亮的高頭大馬，馬車上雕著暗紋，處處透露出一股低調的奢華。

這個小村子最常見用來馱貨拉車的工具就是牛，還有幾戶手頭闊氣點的人家養了大青騾，這就已經夠令人豔羨了，馬這種稀罕物是很少見的。就算買得起，後續也不一定養得起。故而這麼氣派的一輛馬車進了村子，引來不少村民圍觀。

「聽說今兒李仁就是坐這馬車回來的，這李家是發達了啊。」

「渾說，這馬車又不是他李家的，我聽說是李仁的一個什麼朋友送他回來的，剛剛還瞧見大包小包拎了不少東西進去咧。」

「能結交到這麼有錢的朋友，李仁這書也算沒白讀。」

「說得也是，就算考不上秀才，攀上幾個有錢的公子哥兒以後也有靠山了。」

村民們你一言我一語的閒侃著。

馬車上似乎並沒有坐人，柯采依看了兩眼，便覺得沒什麼意思，掉頭走人。走沒幾步就聽見身後傳來馬的嘶吼聲，那匹馬不知道受了什麼刺激，變得狂躁起來，高高抬起前蹄，左右亂撞，圍觀的村民頓時被嚇得作鳥獸散。

柯采依原本也想趕緊跑，可是她一眼看見前方有兩個小娃娃似乎被嚇呆了，愣在原地一動不動，那馬眼瞅著就要往小娃娃那裡衝過去。

柯采依心跳得好似快要從胸腔蹦出來，來不及多想，她奔過去一把抓住馬轡，使勁往後拽，全靠那股蠻力，終於將馬拉停下來。

這時院子裡也傳來一陣腳步聲，門打開，裡面匆匆走出來兩個人。他們看見柯采依拽著馬轡的模樣，一時都愣住了。

一個穿著青衫的年輕男子率先回過神來，主動上前一步，問道：「這是出了何事？」

柯采依依舊是驚魂未定，心裡不免燃起一股怒火。「你們的馬怎麼不找人看好，知不知道牠剛剛突然發狂，差點衝撞到小孩子。要是出了什麼差錯，你們誰擔得起這個責任？」

「是啊是啊，李仁你這馬兒太嚇人了，多虧了這丫頭拉住了馬，要不然就要出大事了。」剛剛跑得飛快的村民一看沒事了，立馬又湊到眼前。

「對不住，真是對不住，驚擾了各位。」李仁一介書生，面皮薄，聽了事情緣由，一再道歉，臉紅得要滴出血來。

「公子，」一個小廝模樣的人急急忙忙跑了過來，一臉羞愧道：「公子，我剛剛尿急就去了趟茅廁。都是我的錯，沒有看好馬車，請您責罰。」

這小廝卻不是對著李仁認錯，而是他身後的男人。柯采依順著他的視線，將目光落在了那人身上。

那是個看上去二十出頭的年輕男人，梳著高高的髮髻，稜角分明的臉上沒有什麼表情，月白的長袍外面披著鴨卵青的披風。整個人往那兒一站，好一派通體貴氣。

他淡淡的開口，聲音低沈。「回去自己去領罰。」

「是。」小廝撓了撓太陽穴，一臉懊惱。只不過才走開一小會兒，誰知道就會出事呢，萬幸沒有傷著人，要不然他真的要吃不了兜著走。

那年輕男人走上前來，對著圍觀人群雙手作揖，微微躬身。「今天是我的馬驚擾了各位鄉親，我陳晏之在這裡給各位賠個不是。要是哪位受了驚嚇，有不適之症，我定當全權負責。」

村民一看他這派頭便知不是尋常人家的子弟，再說剛剛馬發狂時，他們一個比一個躲得遠，哪裡受到什麼驚嚇，故而都擺擺手說著沒事沒事，一副很大度的樣子。

陳晏之便又直直的看向柯采依，眼神冷清清的，仍舊看不出什麼情緒。

柯采依心裡嘀咕這是等她表態呢，畢竟她手裡還拽著他的馬韁。見他認錯態度還算誠懇，柯采依怒火漸消，也不打算不依不饒，說道：「還好沒傷著人，下次沒有調教好的馬萬萬不可再隨便上路了。」

說完就將馬韁還給了小廝。

陳晏之嘴角微勾。「這次多謝姑娘出手，不知道姑娘家住何處，也好讓我上門道謝。」

那怎麼行？要是他這種公子哥兒真去了她家，馬上村裡又不知要傳什麼風言風語，以後的日子更沒得消停了。

她忙搖搖頭。「不用了，反正也沒出什麼事。我還有事，就先走一步了。」她不等對方回話，轉身腳步飛快的走了。

陳晏之看著那連走帶跑的背影，有點愕然。

避他如蛇蠍的女子還是第一次見，有趣，真有趣。

柯采依很快就將這個小插曲拋在腦後，她現在有點擔心的是不知道周巧丫的事能不能辦成。

沒承想周巧丫倒也是個動作麻利的，隔日一大早，周大青和周巧丫兩兄妹就喜孜孜的找上門來，彼時柯采依還在吃早飯。

早飯是熬得濃稠的米粥，上面浮著一層細膩的米油，喝進嘴裡微微燙口。

柯采依另外又攤了三個五花肉雞蛋卷餅，五花肉切成薄薄的長條片狀，煎至邊緣微微捲曲，因為早就用香料和鹽醃過了，十分入味，夾在攤好的雞蛋餅裡，刷上黃豆醬，滋味醇厚。再放上兩片大白菜葉，捲起來抓在手裡，大口大口的吃，很是過癮。

柯采蓮和柯均書手裡抓住厚厚的卷餅，嘴角還沾著來不及擦去的醬汁，乖乖的喊人。「哥哥姊姊好。」

周巧丫明顯心情很好，笑著回道：「真乖。」

柯采依起身招呼他們。「你們吃早飯了嗎？要不要坐下來吃點？我再去攤個餅，很快的。」

「不用了，我們已經吃過了。采依，我是特地來謝謝妳的。」周巧丫激動的握住柯采依的手，笑得眼睛彎彎。「我不用嫁給李二柱了。」

柯采依也喜不自勝。「真的嗎？太好了，怎麼解決的？」

周大青笑道：「還是多虧了妳的法子。」

柯采依眼睛一亮，果然有用。

原來那天柯采依聽到周巧丫說她長得和她娘很像，而她爹似乎對逝去的妻子還有點懷念，於是便想出了個「裝神弄鬼」的主意。

這個年代的人多多少少都迷信鬼神，所以她提議周巧丫趁她爹又喝醉，迷迷糊糊的時候，最好選擇在晚上，扮作她娘的樣子給他「托夢」。如果死去的妻子特地來托夢，告誡他千萬不要將女兒嫁給李二柱當續弦，否則在地下不能安寧云云，應該能讓她爹打消這個念頭。

雖然柯采依也不是很有把握，但死馬當活馬醫吧。

「妳不知道，我爹昨兒晚上又喝了個爛醉回來，我想著萬不可錯過這個好機會，便和巧丫趕緊按著妳說的法子行事。巧丫只是穿了件我娘以前留下的衣裳，站在他的床前幽幽的說了幾句話，就把我爹嚇清醒了，直嚷嚷著有鬼有鬼。」周大青說到這兒，忍不住笑出聲來。

周巧丫忍笑道：「然後我哥順著爹的話，說娘也托夢給他了，囑咐他一定要給我找個好人家，這李二柱萬萬不能嫁。」

周大青又接著說：「我說娘可能是在下面不安寧，要給娘的牌位上香，祭奠她的在天之靈。結果香卻怎麼也點不著，我爹這才真真是信了。其實那香早被我提前打濕了。想我娘在世的時候很疼巧丫，我想她一定不會怪罪我們冒著她的名頭做出這種事。」

柯采依聽著這兄妹倆一唱一和的描述當晚的情形，咧了咧嘴。「周大哥很聰明啊，這上香可不是我的主意。」

周大青臉上浮起一抹暗紅。「哪裡哪裡，沒有妳我也想不到這個法子。」

「我爹啊一大早就趕去李二柱家了，說要取消這婚事。反正我們家一沒拿他的聘禮，二也還沒有訂親，什麼都不算咧。」周巧丫心裡一塊大石落了地，現下是滿面紅光。「采依，這次真的是多虧了妳，要不然我真的不知道怎麼辦才好。」

柯采依連忙擺手。「快別這麼說，還是你們兄妹自己做得好。我早就說了，只要活著總是有希望的，是不是？」

「嗯。」周巧丫用力點點頭，現在柯采依說什麼話她都信。

「剛剛我和哥哥還商量著要好好謝謝妳，以後有什麼需要幫忙的儘管開口便是。」

柯采依正等著這句話，笑嘻嘻道：「我現在正好想請周大哥幫個忙。」

周大青忙正色道：「什麼事妳儘管說，我周大青一定盡全力。」

柯采依看他一臉嚴肅的樣子，噗哧笑了出來。「別那麼緊張，我是想問你還能不能捉到兔子？就是巧丫送過來的那種兔子，可還有？」

「妳想吃兔子嗎？這個不難，這時節野兔最肥了，找到兔子窩，一逮能逮到好幾隻呢。」

柯采依一聽樂了。「那太好了，我想從你那兒買野兔。你賣給別人多少錢，我就出多少錢買，怎麼樣？」

周大青不樂意了。「妳說的哪裡話，妳幫了這麼大的忙，哪裡還能要妳的錢？」

柯采依知道他誤解了自己的意思，以為她只是嘴饞想吃兔子罷了，便認真說道：「周大哥，我不是自己想吃兔子，我是要這個買賣。」

「買賣？」周家兄妹一臉疑惑。

柯采依去廚房端出昨天沒吃完的冷吃兔，遞給他們兄妹嘗了嘗。

「好吃。」

兄妹倆齊齊誇出聲，他們從未吃過這般麻辣入味的吃食。

柯采依道：「這個叫冷吃兔，我打算做這個去縣裡賣，你們覺得會有人喜歡吃嗎？」

周巧丫不停點頭。「肯定有的，這麼好吃的兔子我還是第一次吃咧。」

柯采依對自己的廚藝還是有點自信的，便接著說道：「因為我自己不會打獵，所以才想直接從周大哥你那裡買。咱們就按照行情來，你看這椿買賣如何？」

周大青和周巧丫對視了一眼，兩人都是一臉喜色。

因周父嗜酒如命，成日裡爛醉如泥，現在田裡的農活幾乎都落到周大青一個人身上，日日忙個不停，哪怕偶爾打到個獵物，卻沒有時間拿到縣裡去賣。如果柯采依願意採買的話，對他們家來說又多了個進項，是大大的好事。

周大青略略思忖了下，便答應了這樁買賣。因柯采依急著要，兄妹倆急忙告辭，便上山逮野兔去了。

柯采依找到了野兔供應商，頓覺神清氣爽，三兩口吃完已經變涼的早飯。接著找出家裡原本用來醃鹹菜的陶罐，準備清洗乾淨，用作盛冷吃兔的容器。

「有人在家嗎？」

柯采依正忙著洗洗刷刷，聽到有人喚她，走出屋來一看，卻是那個叫李仁的書生，他的身邊還站著那位有錢的公子哥兒。

李仁拱手朝柯采依作了個揖，笑道：「昨日之事要多謝姑娘出手相助，姑娘走得匆忙，沒來得及答謝實在過意不去，所以今天和陳大哥一起特來拜訪。」

李仁之前並不認識這位膽大如斗的女子，因為他一年到頭大部分時間都在城裡的悠然書院讀書。不過陳晏之今兒專門又來了一趟綿山村，想當面答謝這位姑娘，故而他便問了問鄉親，兩人這才尋到了她家。

其實他和陳晏之也是機緣巧合之下才認識的。

前幾日他和幾位同窗到郊外賞秋景，意外碰到兩個相貌凶悍、衣著襤褸的男人手裡抓著個七、八歲的男娃。那男娃白白胖胖，穿著一身綢緞，光滑精緻的好料子，一看就是有錢人家的孩子。

李仁他們就想這莫不是碰上了拍花子？

不怕一萬，就怕萬一。李仁壯著膽子上去攀談了幾句，這歹人沒兩句就露了餡。他自然不能坐視不管，於是就和同伴一起將男娃從拍花子手裡救了下來。

人是得救了，但李仁卻也不慎被拍花子狠狠揍了幾棍，傷著了背部。

這男娃就是陳晏之的弟弟。

陳家對他們是千恩萬謝，得知李仁受傷後更是十分愧疚。陳晏之不僅為他請來大夫，包攬診費，更是主動提出要上門拜訪他的父母，所以才有了昨天那一幕。

柯采依暗道他們倒是講禮數，竟還不忘這事，特地上門。

她露出笑臉道：「李公子、陳公子，你們實在太客氣了，舉手之勞，何足掛齒。」

陳晏之聲音沈穩。「柯姑娘謙虛了，要不是姑娘出手拉住了失控的馬，後果不堪設想。」

「瞧我光顧著說話，二位公子不嫌棄的話，請進來坐坐吧。」

柯采依心裡嘆了口氣，為什麼她穿過來後一而再的救人呢？她不是要走美食種田流嗎，怎麼感覺拿的是俠女劇本咧？

「好，那就叨擾了。」陳晏之沒有客氣，率先一腳踏進了院子。

他淡淡的打量了一遍小院子，雖簡陋但收拾得很乾淨。

柯采依邀請他們二人在堂屋坐下，倒了兩碗茶，輕笑道：「請用茶。」

陳晏之的視線從柯采依淺笑的梨渦上轉移到手邊的茶碗，茶水顏色暗黃，一看就是極其便宜的粗茶，平日裡這種茶根本沒機會到他的眼前。

但這位姑娘落落大方，巧笑晏晏，似乎絲毫沒有因用這種便宜的茶招待他而感到羞赧。

鬼使神差的，陳晏之端起茶碗喝了一口，不出所料，味道不怎麼樣，但總歸是熱呼呼的。

陳晏之將早就放在桌上的三個油紙包推向了柯采依。

「冒昧來訪，也不知道姑娘喜歡什麼，這個是善品齋的香糖果子和滴酥鮑螺，聽說在城裡的姑娘間極受歡迎，小小禮物聊表心意。」

「陳大哥一大清早叫人去買的，全是剛剛出爐的點心，柯姑娘千萬不要推辭。」李仁附和道。

如果陳晏之一來就是送錢，柯采依不會收下，但送的是點心的話，再推脫反而顯得矯情。

於是柯采依乾脆的接下油紙包，嘴角彎彎道：「好吧，那我就收下了，謝謝公子。」

陳晏之見她收了下來，安下心來，接著問出了心中的疑惑。「其實在下心裡有一個疑惑想請教姑娘。」

柯采依道：「公子請說。」

「姑娘竟能拉住狂躁中的高頭大馬，實在令人佩服，莫不是會馴馬？」

柯采依眼珠一轉，笑了笑。「我哪裡會什麼馴馬，連馬都沒見過幾回，只不過是從小下地幹活，手上力氣比一般姑娘家大一些罷了。」

「原來如此。」陳晏之若有所思的點點頭。

柯采依生怕陳晏之會追根究柢，便轉移話題到手邊的油紙包，笑道：「早就聽說善品齋的點心遠近聞名，這回有口福了。」

原主自然是沒吃過善品齋的點心，但多少知道它是木塘縣鼎鼎有名的老店。柯采依看著裹得嚴嚴實實的油紙包，十分好奇這個時代的點心是什麼樣的。

她打開其中一包，入目是各式各樣的果子，杏片、梅子薑、糖荔枝、糖角兒、歡喜團等等，五顏六色的，好看極了。

不過更讓她目瞪口呆的是另外兩包。

這個名為滴酥鮑螺的點心，底下圓，上頭尖，有著一圈又一圈的螺紋，表面還撒了一層白色的糖霜，像極了她原來世界的奶油泡芙。湊近了，可以聞到一股濃郁的奶香味。

「這個滴酥鮑螺裡加了乳酪吧。」柯采依嘗了一口，入口綿軟香甜，奶味濃郁。沒想到這個時代已經有了這麼精緻的奶油點心，真不能小瞧了古代人。

陳晏之詫異的望了她一眼，乳酪可是稀罕物，中原地區極為難得，大多來自西域，不是尋常人家吃得起的。這個農家女卻一口嘗了出來，陳晏之不禁對她更加好奇了。

柯采依給在旁邊眼巴巴看了半天的柯採蓮和柯均書一人遞了塊滴酥鮑螺，吃著美味的點心，她對陳公子不看好馬差點傷著人所剩的那點不滿，也消失殆盡了，吃貨就是這麼沒原則。

柯采依到底是未出閣的姑娘家，陳晏之和李仁為免落人口實，稍坐了坐就告辭了。

柯采依送走陳晏之和李仁後，又捏起一塊糖荔枝。

荔枝多產自嶺南，要將新鮮的荔枝送到這裡實屬不易，所以大多運過來的都是易於保存的荔枝乾，而這個糖荔枝就是荔枝乾外面裹著一層糖漿。

因為糖是金貴物，所以「越甜越富」成了如今不少城裡有錢人追求的風尚，故而這類點心是可著勁的放糖，太甜反而掩蓋了荔枝原本的味道，不過雙胞胎倒是愛吃。

「柯采依，妳好不要臉。」

柯采依正被這糖荔枝甜到膩牙時，就聽見這麼一句殺風景的話。

她皺眉一看，柯如蘭站在她家門口怒目瞪著她。

「柯如蘭，妳發什麼瘋？」怎麼這個堂妹和她娘一樣，都是不請自來。

「妳說，為什麼李仁哥哥會給妳送東西，你們是什麼關係？」

柯如蘭看著一桌子的點心，嫉妒得眼睛都紅了。

昨天她聽說李仁從書院回來了，巴巴的跑去看他，卻得知他家在待客，沒好意思進去。沒承想在門口看到柯采依湊了上去，李仁對她又是笑臉又是作揖的，今兒個又看見李仁拎著東西上她家，氣得她渾身發抖。

原來她是因為李仁在吃醋，這年頭的孩子真是早熟。

柯采依嘲弄道：「首先我只是昨天湊巧幫了他一個忙，他來道謝而已；其次這點心也不是他的，他只是陪客。放心吧，我對妳的李仁哥哥一點興趣也沒有。」

柯如蘭被她戳破了心事，臉蛋漲得通紅，梗著脖子道：「妳別以為這麼說我就會相信妳，定是妳先招惹了李仁哥哥。我告訴妳，妳最好認清楚自己什麼身分，他不是妳高攀得起的。」

柯采依一聽笑了，斜眼看她。「我什麼身分我清楚得很，倒是妳，如果我高攀不起，妳也一樣，因為我們是一樣的。」

柯如蘭只比她小幾個月，一向愛爭強好勝，小時候沒少欺負原主。如今虛長了幾歲，還是光長個子，不長腦子，眼皮子淺得很。

「誰和妳一樣，妳這個喪門星。」

「我說你們家能不能換個詞，整天喪門星喪門星的，如果我真的是喪門星，一定會連妳家一起喪完。」

「妳……」柯如蘭沒想到一段時間沒和這個堂姊打交道，她就跟變了個人似的，不再唯唯諾諾，還敢拿話膈應她。

她突然感覺不知如何應對柯采依，只好放話道：「最好別再讓我看到妳去招惹李仁。」說完怒氣沖沖的離開。

柯采依暗道這臺詞夠中二。

第五章

蔚藍的天空乾淨得沒有一絲雜質，陽光照得人暖洋洋，這一派秋高氣爽的景色似乎都在說著：今天宜開工。

這次周大青受到酬勞的激勵，一口氣送來六隻肥美的野兔，個個還是活蹦亂跳的。柯采依天還沒有亮就起來料理這些兔子。因為是第一次出攤，慎重起見，她決定先用四隻的分量試試冷吃兔的行情。

四隻野兔做了滿滿一陶罐的冷吃兔，柯采依將沈甸甸的陶罐放在背簍裡，照舊搭了周大爺的牛車，帶著弟弟妹妹上了縣城。

木塘縣雖說只是個縣城，但是規劃得很整齊，生活區、商業區等條理分明。如果要正兒八經搭棚擺攤做生意，勢必是要去官府登記並交上租賃費。不過如果只是蹲在路邊擺個攤子的話，官府睜一隻眼閉一隻眼，倒也沒人管。

交了租金的市場，柯采依進不去，但她早就提前察看了一番，選擇了一個既靠近碼頭，又離市場不遠的地段，人來人往，也不乏客人。當然這個地段好一點的攤位早就被人佔了，柯采依選了好一會兒，只在一個角落裡找到了個地方。

不過她不介意，酒香不怕巷子深。
她安排弟弟妹妹在旁邊的石階上坐下，將陶罐放在地上，從陶罐中盛出一勺冷吃兔，放在準備好的油紙上，再插上幾根竹籤。
她站起來，捧著冷吃兔開始吆喝：「來——瞧一瞧，來——看一看，又麻又辣的冷吃兔，你沒吃過的冷吃兔，包你吃了還想吃，先嘗後買不上當咧。」
柯采依選擇擺攤的這個地段集中的大多是老弱婦幼，比如她旁邊就蹲著個賣爐餅的大娘，看樣子也是在家裡先做好，直接裝在布袋裡帶過來賣的。
圓圓的爐餅有臉盤大小，對於在碼頭做苦工的人來說，只需花一文錢就可以買一張厚實的大餅，既能飽腹又便宜。
對面則坐著個五、六十歲的老頭，前面擺著五、六條鮮魚，魚尾巴還不時蹦躂著。
這些小攤販可能是在這裡待熟了，基本不怎麼吆喝，自有熟客上前購買。所以乍聽見一個陌生女娃娃響亮的吆喝聲，眾人的眼神都不自覺的集中到她的身上。
柯采依被看得臉上一熱，雖然雄心壯志的來擺攤，但到底是第一次。
不過為了賺錢，也顧不上害羞，吆喝一聲接一聲的喊了起來。
柯均書也被姊姊的熱情感染，站起身來，扯著稚嫩的小奶音跟著叫喊：「冷吃兔，來買好吃的冷吃兔囉。」

姊弟三人此起彼伏的吆喝聲頓時在這個小小的街上成了一道風景。

辰時已過，城裡人三三兩兩的出家門走上街頭。聽到一個小姑娘清脆的吆喝聲，又見似乎是個沒聽過的新奇吃食，不少人逐漸圍了過來。

「小姑娘，妳這紅通通的一片，賣的是什麼東西啊？」一個挎著菜籃子的婦人好奇詢問道。

「是啊，依稀聽到妳喊什麼吃兔，這是個啥子喲？」圍觀的人跟著附和。

柯采依看著終於有顧客上門，打起十二分的精神，笑道：「各位大娘叔伯，這個叫冷吃兔，保管你們都沒吃過，絕對好吃。」

那婦人來了興趣。「冷吃兔？這是要冷著吃的？」

柯采依笑嘻嘻道：「是的大娘，這冷吃兔放涼了更入味，口味麻辣鮮香，你們可以先嘗嘗看。」說著將手裡準備好的冷吃兔遞到婦人跟前。

婦人見油紙上鋪著大小均勻的兔肉丁，間雜著乾辣椒和花椒，還未入口便聞到撲鼻的香味，心下已大有好感，便就著竹籤拿起一塊，送入口中。

她細細的咀嚼一番，眼睛一亮，讚嘆道：「好吃！夠麻夠辣，越嚼越有滋味，骨頭都可以嚼碎了。」

柯采依被誇讚了一番，嘴角都要咧到耳根子後頭去了，又將冷吃兔遞給了其他圍觀的人。「各位叔伯，你們也嘗嘗看，不好吃不要錢的。」

圍觀的人越來越多，那婦人冷不防的被往前擠了兩下，蹙眉向身後嚷了句：「別擠啊！」

緊接著又開口問：「小姑娘，妳還沒說這冷吃兔怎麼賣呢？」

柯采依笑盈盈的舉著手裡的勺子說：「我這冷吃兔賣八文錢一份，一份是兩勺的量。」

兩勺大概能裝半盤子，這是她在家時就定好的價。

「八文？這也太貴了吧，八文我都可以去買半斤肥豬肉咧。」圍觀的人聽到這價格，都有點驚訝。

柯采依不慌不忙的回話：「這兔子是昨兒剛從山上抓下來的，肉特別新鮮。各位可以去菜市場那兒瞧瞧，兔子這種野味的價格可比豬肉要貴的。再說兔肉性味甘涼、補中益氣，十分滋補，而且我這冷吃兔裡面還加了花椒、八角、香葉、大料等好幾種香料，大家回去吃完兔肉，還可以用剩下的佐料炒別的菜，豈不是一舉兩得？」

那婦人聽了柯采依又是滋補又是香料的一番話，不禁點了點頭。「妳這小姑娘好一張巧嘴，被妳這麼一說好像還挺值的。」

柯采依看她很有興趣，忙道：「就是很值啊大娘，而且今天是我開業第一天，前十位購買冷吃兔的顧客一律只要六文錢一份，買了不吃虧。」

柯采依這優惠的消息一放出來，身邊旁聽了很久的一位大爺立刻高聲道：「那給我來兩份，我回去下酒吃。」

婦人頓時著急了。「哎哎，胡老頭你怎麼插隊呢，先來後到知不知道啊？」

「我說張氏，妳在這磨磨唧唧半天又沒要買，我怎麼算插隊了？小姑娘先給我兩份，我就喜歡這口味重的。」胡大爺平日沒別的愛好，就是好嘴上這一口，時常在街上遛達就為了尋摸各種小吃。他剛剛嘗了口冷吃兔，一下子對上他的胃了，他家裡也不差這個錢，所以爽快的開口就要買。

「那我也要兩份，給我公公和相公下酒添個菜。」張氏急忙下單，生怕錯過了前十名沒了優惠。

「我也要一份。」

「哎哎別擠，我先來的，我要兩份。」

圍觀的人群這時也一個接一個的喊著要。

柯采依喜不自勝，高聲應道：「好好，大家一個一個來啊！」

她索利的先給張氏和胡大爺每人裝好了兩份，遞過去之後又囑咐道：「如果你們家裡人更愛吃熱乎的話，只需下鍋翻炒一下便可。」

張氏笑咪咪的答應了一聲，又說道：「如果我相公愛吃的話，下次還來找妳買。」

柯采依自然歡欣的感謝她捧場。

人都是有從眾心理的，這冷吃兔熱熱鬧鬧的開了張後，自然又吸引了更多的人，才一個時辰，柯采依一陶罐的冷吃兔都賣光了。

摸著沈甸甸的錢袋，柯采依的心裡一片火熱。

財不露白，這大庭廣眾下自然不好數錢，她只好按捺住激動的心，將錢袋小心翼翼的放在懷裡。

賣完冷吃兔已經過了晌午，剛剛忙忙碌碌的沒察覺，現在閒下來便覺得餓得慌，她便帶著弟弟妹妹去買了幾個大肉包填飽肚子。

冷吃兔一開張生意就這麼好，柯采依越發覺得幹勁十足。

柯采依帶著兩個娃娃開始逛市場，先去稱了些茴香、甘草、豆蔻、桂皮等各式香料，準備回去再研究一下兔肉的其他做法，以便迎合更多人的需求。她還去菜市場採買了一些大白菜，這個時節正好可以做辣白菜，想來銷路也會不錯。

逛著逛著，三個人走到了賣雞鴨的攤販前。

「采蓮，還記不記得上次姊姊說要給妳買小雞仔？現在妳挑挑看想要哪隻？」

柯采蓮歡呼一聲，蹲下身子，目不轉睛的看著雞籠裡正在啄食的小雞仔。

「姊姊，我想要那隻黃黃的小雞，好可愛啊。」她指了指一隻通體是黃色羽毛的小雞仔，只有拳頭般大小。

柯采依笑著點了點頭，又問柯均書：「書哥兒，你呢？你也挑一隻吧。」

柯均書蹙著眉挑選了一會兒，指著一隻趾高氣揚，一看就身體倍棒好養活的小雞仔說道：「姊姊，我想要那隻。」

攤主忙捧場道：「哎喲，小哥兒小娘子太有眼光了，挑的剛好是一公一母咧，買回去正好配對，來年就可以孵小雞仔了。」

除了剛剛那兩隻，柯采依又另外挑了兩隻，總共兩公兩母。

母雞可以養著下蛋給兩人補身體，公雞養大後可以做成麻油雞、辣子雞、口水雞……她的腦海裡已經浮現了一系列食譜，真是美得很。

攤主見她這麼爽快，又向她推銷鴨子。「姑娘，小鴨子也來兩隻吧。鴨肉也好吃，以後生的鴨蛋個頭比雞蛋大咧，划算。」

柯采依搖了搖頭，小雞仔只需放養在院子裡即可，但是養鴨子還時不時要放牧下水，她沒那個精力，更不放心讓孩子去玩水，想吃的話再買就是了。

這趟可謂是收穫滿滿，柯采依一回到家就趕緊將錢袋裡的銅板悉數倒在桌子上，熱火朝天的算起帳來。

為了這第一次做生意算帳的儀式感，她剛剛都沒用這個錢袋裡的錢買東西。

「二百三十……二百六十五……三百七十一。」

總共賣出去了三百七十一文！

這次冷吃兔用了四隻野兔的分量，整整一陶罐差不多賣了五十份左右，而從周大青那裡買四隻野兔花去的成本是一百六十文。這還是周大青念著她的人情，非得堅持要低於市場價賣給她，如果正兒八經去市場賣，帶著完整皮毛的野兔其實可以賣得更高。

這麼算下來，今兒個賣冷吃兔淨掙了二百文左右，城裡人果然都是不差閒錢的。

二百文啊，一次就掙了這麼多，要知道很多人去碼頭搬貨累死累活也才二、三十個銅板。

柯采依激動得眼睛彷彿在放金光，這次掙錢遠遠比上次賣天麻更讓她感到滿足，因為這是她完完全全靠著自己的雙手掙來的。如果繼續照這個樣子下去，一個月去賣個幾次，掙上個一、二兩銀子不成問題。

柯采依想著這買賣做得這樣好，可是兔子的存貨卻已經不多了，必須趕緊告訴周大青，讓他繼續給她供應兔子。

周大青的家在村裡的另一頭，柯采依趕到時，周巧丫正蹲在她家門口揮舞著菜刀，

「砰砰」的不知道剁著什麼東西。

柯采依站在院子外喊了她一句，周巧丫一瞧是她，立馬扔下菜刀，小跑著過去，笑著打招呼道：「采依，妳來了，怎麼不進來？」

柯采依含笑道：「沒什麼要緊事，妳哥哥不在家嗎？」

周巧丫拍了拍手上的草絮，說道：「他在田裡幹農活還沒回來。」

柯采依道：「我來是想跟你們說，今兒個我去城裡賣冷吃兔了，這生意還挺不錯的，所以想跟妳哥哥說一聲，讓他最好再多抓些兔子，要不然不夠賣。」

「真的嗎？太好了，我哥回來就跟他說。」周巧丫心裡也高興得冒了泡，只要能繼續給柯采依提供兔子，家裡就能多些收入，日子也就不那麼難過了。

柯采依忍不住好奇問道：「對了，妳剛剛在剁什麼啊？」

「那是用來餵豬的苦麻。我哥賣了幾隻兔子給妳後，就去買了隻豬崽來養。等到來年養肥了，自己吃或者拿去賣都好咧。」周巧丫咧著嘴角道：「采依妳不知道，自從上次解決了那件事後，我爹喝酒都收斂了很多，偶爾還會幫忙幹活呢。」

看著周巧丫紅潤的臉色，柯采依便知她所言不虛，很為她高興。

說完了事情，她樂滋滋的往家走去，心裡也琢磨著做些其他吃食，畢竟生意要做得長久，花樣單一是萬萬不行的。別看當下好像掙得多，一旦顧客沒了新鮮感就很難說了。

可是她要花錢的地方卻很多，當下就有一件不容再拖的事情，書哥兒到了開蒙的年紀，她想送他去讀書。

柯家祖上曾經出過一個秀才，無奈後代子孫不爭氣，沒能將此發揚光大。柯老頭心心念念就是能再為柯家培養出個讀書人，可是他的兩個兒子都沒那個天分，便寄希望於孫輩身上。給柯均書取名為「書」的時候，就是期盼他將來能光宗耀祖。

當然，柯采依並沒有那個一定要書哥兒光耀門楣的執念，因為她對這個家沒有什麼家族榮譽感。

只是畢竟在這個時代追求的是「萬般皆下品，唯有讀書高」。科舉對於平頭老百姓來說可能是突破階層的唯一出路。

柯采依來的時間不長，但發現書哥兒天資聰穎，他的未來可以走得更遠。

更何況，她有一個來自二十一世紀的靈魂，「知識改變命運」這種理念早已深入她的骨髓，要不是這裡女子不能進學堂，她都想送這對雙生子一起去讀書。

讀書最是費錢，且不說拜師的束脩，單單書本、筆墨紙硯也是極貴的，再加上寒窗苦讀十年，可能成百兩銀子撒進去，最後都打了水漂，故而在鄉下能供得起讀書人的人家很少很少，整個綿山村現在都數不出超過五個指頭的書生。

不行，不能再想下去了。

窮，太窮了！

柯采依想著未來那一筆筆的巨大花費，頓覺壓力山大，她加快了腳步往家走，趕緊回去做吃食要緊，趕緊掙錢。

等她剛走到家門口時，瞧見柯均書和柯采蓮站在門口一副不知所措的樣子。看到她回來，兩人忙喊了聲姊姊，奔過來一臉擔憂的指了指屋內。

原來趙三娘正蹺著個二郎腿坐在她家長凳上，那叫一個悠閒。

「采依啊，這是上哪去了？讓我好等。」趙三娘熱絡的迎了上來。

柯采依暗暗翻了個白眼，嘲弄道：「三嬸又來了，最近是不是探望我們姊弟探得太頻繁了點？」

還好她因為擔心茅屋的小破門防不住賊，早早就把銀錢仔細藏了起來，要不然賊還沒來，先被這女人順了去。

趙三娘眉頭一挑，暴脾氣剛要發作，忽然變了一張臉，滿臉堆笑的拉著柯采依的手，親切道：「瞧妳這孩子說的什麼話，三嬸這不是關心你們嘛，當然得多來走動走動了。」

柯采依撇開她的手，一臉不耐道：「有事就直接說事吧。」莫名套近乎讓人瘆得慌。

趙三娘掐了掐虎口，告訴自己要忍，憋出個笑臉道：「哪有什麼事，我只是聽說啊，今天妳到城裡擺攤做買賣去了是不是？賣的啥？掙了多少錢？」

果然是為了這個，柯采依猜到自己擺攤的事情瞞不過趙三娘，只是沒想到這麼快就被她知道了。

柯采依撇了撇嘴。「不過是做了點小吃去賣，第一次賣，哪裡賣得了多少錢。」

趙三娘追問道：「不是吧，我可是聽村裡人說看到妳的攤子火爆得很，賣的叫什麼冷吃兔，一會兒功夫就賣光了。」她今兒個是沒去城裡，聽村裡人議論此事，說柯采依可能要發財了，一下子就坐不住了，趕忙來問清楚。

到底是誰那麼大嘴巴？柯采依恨恨的齜了齜牙。

「妳既然知道我賣的是什麼，又何須來問？」

「我這不是關心妳嘛，妳一個小姑娘到底稚嫩，做買賣別被人騙了，聽說妳還從周家小子那裡收野兔是不是？」

柯采依這下不回話，直直的看著她，到底想幹什麼？

趙三娘被她盯得發毛，嚥了下口水道：「這種發財的事情不想著自家人，怎麼能便宜了外人呢？」

柯采依唇角一挑，淡淡的開口。「因為周大青能捉到兔子，我就買，僅此而已。妳要是想做也可以啊，你們家給我提供兔子，我照著他的價格一樣收過來，誰也不偏私，有錢大家一起掙。」

趙三娘不樂意了。「這怎麼行？妳三叔田裡的活兒都忙不來了，哪裡有時間去打獵捉兔子。再說那上山打獵多危險啊，絕對不行。」

柯采依簡直要被她氣笑了。「既然妳家又出不了力，那妳管我找誰買？」

「妳三叔沒時間，我有時間啊，妳把冷吃兔的方子給我，咱們一起做，不比妳一個人做得多？做得多賣得更多啊。」趙三娘又扯住柯采依的手，看上去一副推心置腹的樣子。「妳一個未出閣的小姑娘家，拋頭露面的做買賣到底不穩妥，如果身邊有長輩跟著就不一樣了，外人也不會說閒話，妳說是不是？」

終於說出了真心話，還不就是為了冷吃兔的方子。

柯采依嗤笑一聲。「三嬸，妳上下嘴唇一碰就想要走我的方子，說得輕巧，天底下哪有這樣的好事？如果妳出個十兩銀子，我倒可以考慮將方子賣給妳，咋樣？」

趙三娘終於繃不住了，臉拉得老長。「妳這丫頭咋這麼不知好歹？看看妳家現在這個破爛屋子，啥都沒有，妳爹娘又死得早，將來誰給妳找婆家？妳和書哥兒、采蓮的婚事不還得妳三叔和我來操持？妳得了掙錢的點子，咱們一起做一起掙錢，柯家富裕了，也可以給妳找個更好的婆家啊，妳咋想不通呢？」

這個時候又講一家人了？怎麼當初分家的時候不見妳念著一家人給她爹留點好東西呢？怎麼當初她家快揭不開鍋的時候沒見妳送點吃的過來呢？

以前柯采依只覺得這個三嬸有點自私而已，現在越發覺得她太過虛偽狡詐。

她冷哼一聲道：「長姊為母，采蓮和書哥兒的婚事自有我這個做姊姊的為他們打算，至於我自己，妳放心，就算不嫁人也不需要妳操心。要麼妳就拿十兩銀子來買方子，我就賣給妳，要麼妳也別打這買賣的主意。」

趙三娘自覺好話說盡，奈何這死丫頭油鹽不進，可是要她拿十兩銀子買方子是萬萬不可能的，只好陰沈著臉灰溜溜的走了。

走出去幾步，又覺得不解氣，朝她家的方向啐了一口。「天生的賤蹄子命，我看將來誰會娶妳？」

懟走了趙三娘，柯采依出了口惡氣，頓感通體舒暢。

她沒有閒著，將買來的大白菜洗淨，開始動手做辣白菜。這裡不少人家會自己做一些鹹菜疙瘩，雖然味道死鹹，但保存時間長，而且一口能多下點飯，這種辣白菜卻是沒有瞧見過的。辣白菜成本低，解膩生津、清脆爽口，可以走薄利多銷的路線。

她將大顆的白菜去掉外層乾癟的葉子和黃葉，對半切開，每片葉子上均勻的抹上細鹽，放在一邊醃製。這時製作辣椒糊，將蒜切成末，再取出梨子和蘋果各一個，剁成蓉。

加入梨子和蘋果可以中和薑蒜、辣椒的辣味。其實這裡產的蘋果和她以前吃過的不一樣，氣味濃郁香甜，但是果肉綿軟易爛，一點都不清脆，不過現在也沒得挑了，湊合用吧。

接著取出一點米粉，加入冷水調成米糊。再將薑蒜、辣椒末、蘋果梨、糖和鹽等倒入米糊中攪拌拌勻，辣椒糊就做好了。

鹽醃一個時辰的大白菜產生了很多水分，柯采依用手擠乾後，將辣椒糊從裡到外仔仔細細的抹在每一片葉子上。之後放入罈子裡，蓋好蓋子，醃個三到五天就可以吃了。

忙忙碌碌了一整天，晚餐必須得吃點好的犒勞一下自己。

今兒個賣完冷吃兔時，柯采依見對面老爺爺的鮮魚沒賣完，便順手買了一條。這是河裡野生的大烏魚，烏魚肉質緊實，魚刺少，是做水煮魚的好材料。

她麻利的刮魚鱗，剔除內臟再清洗，魚頭魚尾剁下後去骨，魚肉部分片成魚片，接著用鹽、料酒、生粉和蛋清醃製一會兒。

鍋下油燒熱後，放入薑蒜、乾辣椒和花椒煸炒出香味後，加入魚頭翻炒，再倒入清水煮滾，就可以下魚片。魚片下入滾燙的湯汁中，不一會兒就變色，邊緣捲縮起來，這就可以起鍋了，倒入準備好的大盆裡。

盆裡底下鋪的是剛剛做辣白菜剩下來的白菜葉子，下鍋焯熟即可。最後在上面再撒一些蒜蓉和花椒末，鍋裡再燒一點熱油，澆在蒜蓉、花椒上，隨著「嗤啦嗤啦」的聲音，一股麻辣的味道撲面而來，一整條烏魚做了滿滿一大盆水煮魚。再加上一道鹹香濃稠的肉末茄子煲，還有四個兔頭，豐盛的一餐就完成了。

都是肉！就是要吃肉！

野生的烏魚就是嫩，絲毫沒有腥氣。柯采依一向愛吃魚，但也嫌魚刺麻煩，可這水煮魚幾乎沒有刺，可以大口大口享用，兩個才六歲的雙生子也一口接一口的吃得津津有味。

兔頭是柯采依做冷吃兔時特意留下來的，想她第一次接觸兔頭的時候，還有點不敢下嘴，不過只要嘗過一次，就無法拒絕兔頭美妙的滋味。

看弟弟妹妹對著兔頭無從下手的模樣，她示範了怎麼吃，他們笨拙的跟著學了一番，最後啃是啃到了，也糊了一嘴的辣椒油。看著他們蠢萌的模樣，她有些忍俊不禁。

第六章

柯采依的這椿買賣得了個開門紅之後，周大青也幹勁十足，很快又送來幾隻野兔。這次她除了照舊做了一罐子冷吃兔外，還加了一罐五香口味的，可以吸引那些不吃辣的顧客，還是在上次的地方擺攤。

柯采依剛把裝滿兔肉的罐子放下，就有幾個人圍了上來。

「小姑娘，妳這兩天怎麼沒來呢？我可等得苦了，這次我一定要多買幾份。」頭個開口的正是上次的胡大爺。

柯采依笑道：「胡大爺，我這兩日在家琢磨新的口味呢。這次除了麻辣口的冷吃兔，我還帶了個新口味——五香兔肉。」

柯采依將五香兔肉盛了些出來，分給他們嘗了嘗。

「這可是將兔肉放入花椒、茴香、大料、桂皮、丁香等好幾種香料熬成的五香水裡浸泡了整整一個晚上，再經過油炸、慢燉，香料的味道已經完完全全浸入骨頭裡，好吃得不得了，你們試試看。」

聽柯采依有聲有色的描述了一番，圍觀的人已經忍不住口水四溢了，再嘗了一口色澤紅亮的五香兔肉，頓覺肉質軟爛，嫩而不柴。

「五香兔肉給我兩份。冷吃兔好吃是好吃，可實在太辣了，我又忍不住不吃，後來肚子疼，還是這五香口味合我的胃口。」

「我還是愛又麻又辣的，冷吃兔來三份，五香的就來一份吧，回去給我小孫子潤潤口。」

眾人你一句我一句的開口，柯采依笑咪咪的給他們打包。

「讓讓……讓讓。」一個中氣十足的婦人擠了進來。

她急切的開口道：「小丫頭妳可算來了，妳不知道上回我相公吃了妳做的冷吃兔後，日思夜想，成日裡催我再來買。我還用妳冷吃兔裡剩下的佐料炒肉，特別下飯，這回妳一定要給我多留點啊。」

原來是上次的張氏，回頭客還不少。柯采依衝她一笑。「當然沒問題，張大娘我這次還有新口味呢，妳嘗嘗。」

此時，一旁街上的馬車裡。

「哥，聽說東市那兒來了個戲班子，雜耍耍得可厲害了，我們一起去看看吧。」

本來在閉目養神的陳晏之睜開眼睛，對著眼前的男娃冷聲道：「陳峙之，你是不是皮又癢了，被罰得還不夠？」

陳峅之嘟著嘴巴道：「可是我被關禁閉半個月了，都要悶得發霉了，你就讓我出去玩一會兒吧，就一小會兒。」

陳晏之面無表情。「不行，上次就是因為你私下蹺課出去玩才會落到拍花子手裡，要不是碰到好心人，現在你不知道被賣到哪裡去了。還把娘嚇得病倒，關你半個月是小懲大戒。再胡鬧，小心爹用家法罰你。」

「才不會，爹娘最疼我了，定捨不得打我。」

「他捨不得，我捨得。」陳晏之冷哼一聲。「還有因為你蹺課，孫夫子那裡已經很不滿了，現在你哪裡也別想去，老老實實跟著我去向孫夫子道歉，不到下學不准出來，阿福、阿桂會寸步不離的跟著你。」

這哪裡是跟著，完全是監視嘛。

八歲的陳峅之正是好動的年紀，從小又是嬌生慣養的，哪怕被哥哥訓斥了一番，坐在馬車裡依然不安分，他不時掀開簾子看著街道上熱鬧的景象，羨慕不已。

過了一會兒，他又開口：「哥，我不出去玩，那我買點東西吃總可以吧。」

「你的包裡備好了點心。」

「我不要吃這個，吃都吃膩了，我想吃那個。」他伸手指了指窗外。「你看那裡圍了好多人啊，肯定是賣好吃的。」

陳晏之眼皮都沒抬一下，沈聲道：「不行，那些街邊小攤販賣的吃食不乾不淨的，你以後少吃。」

他剛冷冷的拒絕弟弟的要求，就聽見一陣少女脆生生的吆喝聲。

「冷吃兔，五香兔，快來買，兩種口味，先嘗後買。」

這聲音有點耳熟。

「停車。」

他掀開簾子望去，看見那日拉著他的馬的女子正笑盈盈的站在街邊，面前圍了不少人，她高高舉著手將油紙包遞出去。

「這是您的冷吃兔，請拿好。不過老爺爺吃辣要適量喔，不然腸胃可能會受不住的。」

「大哥，你的兩份五香兔肉，拿回去熱一熱味道更好。」

柯采依手腳索利的打包兔肉，食客們你一點我一點的，兩大罐兔肉很快就要見底了。直到客人漸少，她才鬆了口氣。

「姑娘，妳這賣的吃食可還有？」

正埋頭整理油紙的柯采依一聽，連忙抬頭道：「還有還有的，客官這是新鮮兔肉做的冷吃兔和……咦？你不是那個、那個……」

她一拍腦袋。「你是上次那個沒看好馬車的人。」

阿福撓了撓頭，赧然道：「對，是我。不過我已經回去領罰了，不會再有下次了。」

柯采依笑道：「知錯能改，善莫大焉嘛，你要買冷吃兔嗎？還有不辣的五香兔肉。」

阿福瞧了瞧罐子，道：「每樣來兩份吧。」

「好嘞。」她邊包起兔肉，又順口問道：「你一個人逛街？採買東西嗎？」

柯采依心想這小廝行當不是應該一天到晚跟著主人的嗎？

「我是給我家公子買的。」

柯采依順著他手指的方向望去，一輛熟悉的馬車就停在不遠處。

「你是說你家公子就在馬車上？」

「對啊。」

阿福也有點糊塗了，明明大公子剛剛還斥責小公子，不准他吃街邊食物，沒一會兒又要他下來買，搞不懂。

本來以為再無交集，沒想到他會來買她的吃食。想了想，柯采依親自拎著油紙包走到馬車前，清了清嗓子，開口喊了聲。「陳公子。」

接著一隻骨節分明的手掀開簾子，陳晏之微微探出頭來，嘴角微勾。「姑娘，又見面了。」

奇怪了，不知道是不是因為他坐在馬車上居高臨下的緣故，他長得是很俊，臉上也帶著笑意，她卻莫名感到一股迫人的壓力。但想想她以前上自一線大咖，下到一百八十線小鮮肉，什麼類型的帥哥沒見過，怎麼一面對他就有點發怵呢。

陳晏之看著眼前素著一張臉的女子似乎在發愣，柔聲說道：「剛剛路過姑娘的攤子，看到客人很多，想來味道肯定不錯。」

柯采依這才回過神，將手裡的油紙包遞給他，笑道：「承蒙公子看得起，這是我自己做的吃食，粗陋得很，你不要嫌棄才好。」

陳晏之接了過去。「怎麼會，阿福拿錢。」

柯采依忙擺手。「不用了，上次你送來的點心很貴，這點小吃就算我請你的。」

「那是感謝妳幫了我的忙，可是妳擺攤做買賣也不容易，在下豈佔這個便宜。」

柯采依還想再說，陳晏之打斷了她。「姑娘一定要收下，要不然妳就拿回去吧。」

這公子哥兒還挺有原則的。柯采依聽他這般說，也不好再推脫，反正對他來說那幾個錢都不算錢了。

「好吧，那我就給你打個折。公子要是覺得好吃，下回再來照顧我的生意。」

陳晏之微笑頷首。

「姊姊，這是什麼吃食？」一直在旁邊看著的陳峒之忍不住問道。

柯采依這才注意到簾子後面還有一個粉妝玉琢的小男娃，睜著一雙烏溜溜的圓眼睛，臉蛋肉乎乎的讓人忍不住想掐一把。

陳晏之無奈笑道：「這是舍弟，頑劣得很。」

柯采依看著這個男娃，倒覺得很討喜，長得像年畫上的福娃似的。她對他笑嘻嘻道：「上面的是冷吃兔，下面是五香兔肉，都是這兒很少見的新鮮吃食喔。」

「姊姊，有客人。」柯均書遠遠的朝她喊。

柯采依聞言便又向他道了聲謝，匆匆的走向攤子。

柯采依一離開，陳峒之就按捺不住了。

「哥，快打開快打開，我要吃冷吃兔。」馬車才開動，陳峒之就吵著要吃。那位好看的姊姊說是這兒沒有的新鮮吃食，他一定要嘗嘗。

陳晏之又恢復面無表情。「不行。」

陳峒之扭著身子鬧。「為什麼？這麼多你一個人也吃不完啊。」

「想吃的話可以，待會兒乖乖去學堂上課，如果回來的時候，你沒有闖禍，就可以給你吃。」

陳岓之哭喪著臉，哥哥就是個大壞蛋！

勞累了大半天，柯采依拖著疲憊的身子回到綿山村，還好掙得不少，這就是痛並快樂著。

還沒等她休息會兒，前頭的牛大娘就上了門。

柯采依忙請她入座，倒了碗茶水給她。「大娘妳喝茶。」

牛大娘看著柯采依紅潤的臉色，笑道：「采依妳最近臉色好多了，也長肉了，看來的確是掙了不少錢吧。我可都聽說了，妳在城裡賣兔肉買賣，賣得特別好。」

柯采依抿唇微微笑道：「大娘別取笑我了，只不過是勉強混口飯吃。」

牛大娘嘆了一聲。「看到妳現在這麼能幹，把弟弟妹妹也照顧得這樣好，妳爹娘也能安息了。」

這上門就為了說這個？

柯采依蹙著眉，疑惑的問：「牛大娘，那個……妳來是有什麼事嗎？」

牛大娘一拍大腿。「哎呀，人老了就是容易犯糊塗。是這麼回事，我來是想問問妳除了兔肉，還會不會做其他菜式？」

柯采依一頭霧水，謹慎的回道：「嗯，一般的都能做。」

牛大娘一臉喜色道：「那太好了，我給妳介紹個活兒，妳接不接？」

「什麼活兒？」

牛大娘迫不及待道：「村東頭的張廣不知道妳認不認識？他以前一直在外面跑船掙錢，前段時間回來了打算安定下來，不在外面跑了。他最近在蓋新房子，馬上就要上梁了。在我們綿山村上梁可是大事，須得好好請鄉里鄉親吃個飯。現在張廣夫妻倆正為找廚子發愁呢，我這不頭個就想到了妳。」

「妳是說想讓我去給上梁宴做飯。」柯采依心裡一陣激動。反正她現在不是日日去擺攤，而做席面卻是個掙錢的好機會。

「正是這個意思。」

柯采依自然願意接下這個活兒，只是她仍有點不明白。「大娘，這周邊鄉里應該不缺上門的廚子吧，為什麼想到了找我？」畢竟她只是個十四歲的姑娘，很多人一看到這個年紀就不會考慮她了。

「快別提了，本來是想找隔壁村的張廚子，可是他前幾日傷到了手，顛不起勺了。遠一點的廚子咱不熟悉也不放心啊。」牛大娘聲音洪亮。「要說請城裡的大廚，那價錢又太高了不是？再說我這幾日天天聞到妳這裡燒菜的味道，那叫一個香，我想妳廚藝絕對差不了。」

「而且……」牛大娘捋了下頭髮，有點不好意思的說：「說實話，我給張廣介紹廚子，如果他確定要用妳的話，我也能掙個介紹費。」

哦，原來這才是牛大娘如此積極的原因。

柯采依了然，在鄉下說媒成功的人可以拿到媒婆錢，這介紹廚子自然也可以得些仲介費。看到牛大娘這麼坦然說出來，她倒反而更加放心。鄉下地方講究人情世故，這辦喜事也大多是請那些熟悉的有經驗的廚子，像她這個年紀的少不了要先被考驗一番。

牛大娘忙又開口：「不過采依妳放心，張廣夫妻都是好相處的，他這些年聽說掙了些錢，這工錢絕不會虧待妳。」

柯采依笑道：「我願意接這個活兒，但是不知道人家看不看得上我？」

「只要妳同意，趕明兒我們就去他家看看，怎麼樣？」

「好。」

牛大娘得了她的準信，喜孜孜的走了。

第二日大一早，柯采依就跟著牛大娘上了張廣家。

張廣的新家建得快差不多了，她到的時候，張廣夫妻都在幫著工人忙進忙出的，新建的大瓦房在周圍一眾茅屋的襯托下顯得著實氣派。

「牛大娘來了。」一個包著藕荷色頭巾的年輕女子款款走了過來，邊走邊拍了拍圍裙上沾著的白灰。

「張家媳婦，妳不是在為上梁宴找廚子嗎？我帶了個來給妳瞧瞧。」牛大娘說罷，就把柯采依拉到跟前。

想來這就是女主人了，沒想到這麼年輕，柯采依笑著打招呼：「嫂子好，我叫柯采依。」

張嫂不露聲色的上下打量了下柯采依，對她微笑著點了點頭，接著便拉著牛大娘走到一邊，嘀嘀咕咕道：「大娘，我的確是急著找廚子不假，但是這個小姑娘行嗎？身量未足，細胳膊細腿的，顛個勺別把胳臂折了。」

柯采依眉一挑，喂喂，既然打算走到一邊說悄悄話，能不能小聲點？她可全聽見了。她瞄了瞄自己的胳膊，暗道怕她顛不起勺？信不信當場給妳表演個碎鐵鍋。

牛大娘著急道：「妳別看她長得瘦弱，但是廚藝真的不錯，她現在自個兒就在城裡擺攤賣吃食，賣得特別好。」

「還有這回事？」

「千真萬確啊，妳要不放心，大可以先試試她的廚藝。」

聽到柯采依小小年紀已經自己做買賣，張嫂看她的眼神變了變，她轉過身來，柔聲道：「妹子，我就直說了，我家這上梁宴可不是鬧著玩的，到時候一請就是六、七桌，妳真的會做菜？」

柯采依正色道：「光說不練假把式，我不如現做兩道菜給妳嘗嘗，嫂子吃完再決定也不遲。」

張嫂點頭道：「那最好不過了。」

於是張嫂帶著柯采依和牛大娘去了她現在還在住的老屋。

因為最近蓋房子，為了給工人提供飯食，廚房倒是堆了不少食材。柯采依見桌上有一條大鰱魚、半隻肥雞，她琢磨了片刻，心下有了主意。

柯采依先將雞肉焯去血沫，再入湯鍋，加清水、薑片、蔥段。那邊先煮著雞肉，這邊她又手腳俐落的將鰱魚剖洗乾淨，骨肉分開，將魚肉部分細細的剁成魚蓉，再加入水、細鹽和蔥薑汁，攪拌均勻，再添入一點粉和蛋清，繼續攪拌，這樣才能上勁、入味。接著她又取出幾個雞蛋，磕出蛋清，將蛋清打出細膩潔白的蛋泡糊。把蛋泡糊加入魚蓉中，再不停的攪拌。

鍋裡下油，燒熱後，將做好的魚蓉擠出大小均勻的魚圓，放入油鍋中。這個時候要用小火，慢慢將魚圓養熟。小魚圓在油鍋內迅速成形，一個個白胖白胖的，緊緊挨著擠滿了一鍋。魚圓熟透後，撈出靜置瀝油。鍋內再加入清水，撒點鹽，勾薄芡，再倒入魚圓，輕輕翻炒幾下，一道白松魚圓就大功告成了。

這時雞肉早就煮熟，浸入涼水中皮肉會更加緊實有彈性，她打算做道口水雞。

口水雞的靈魂就在於那一碗油汪汪的紅油，柯采依取鍋放油，油燒得冒煙後，淋入裝了辣椒粉、花椒和熟芝麻的碗裡，邊淋邊攪拌，再加入薑蒜碎，慢慢倒在切好的雞肉上，撒點芫荽即可。

「嫂子，這兩道菜分別叫白松魚圓和口水雞，嘗嘗看合不合妳的胃口。」

張嫂拿起勺子舀起一個魚圓，送入口中細細咀嚼，不敢置信道：「魚圓我以前也不是沒吃過，但是從未吃過這般嫩滑鮮香的魚圓，一點葷腥氣都沒有，這顏色怎得能做得這麼白啊？」

柯采依笑道：「這是因為裡面加了蛋清打出來的蛋泡糊。」

牛大娘也忙不迭的嘗了口魚圓，連連讚道：「好吃，又嫩又有嚼勁。」

等她們兩人又嘗了嘗麻辣過癮的口水雞後，對她的廚藝已經再無半點懷疑。

這兩道菜只用了平日裡常見的雞和魚，卻做出了與眾不同的味道，擺盤也漂亮，魚圓潔白晶瑩，周邊還擺了一圈綠色的青椒絲，口水雞色澤紅亮，看著就讓人食指大動。

張嫂讚嘆道：「沒想到妳小小年紀竟有這般本事，以前請的廚子大多都是燉個肉，或者就是下鍋隨意炒一下、蒸一籠完事，像妳做得這麼好吃又好看的，都快趕上大酒樓了。」

柯采依靦覥道：「不敢當，我哪裡比得上城裡酒樓的大廚，但是一般宴席所需要的冷盤、熱菜、湯品、點心是沒有問題的。」

張嫂看她做事穩妥，人又謙遜，心裡更加滿意。

張嫂當即拍板決定請柯采依來做上梁宴。之後便告知她上梁儀式選了個黃道吉日，就在七日後，兩人又細細的商討了一下菜單。

這雞鴨魚肉、瓜果蔬菜的採買無須她操心，張家自會置辦妥當，她只需在當日早早趕去即可。

至於做上梁宴的工錢，張嫂許諾了她一吊錢。

一吊錢啊，只需要做一頓飯就能掙一兩銀子，柯采依雀躍不已，回去的路上腳步都輕鬆了許多。

到了上梁宴那天，柯采依剛五更天就起來了，柯采蓮和柯均書雖然睏得眼睛都睜不開，但還是乖乖起床穿衣，跟著姊姊一起到了張家。

她到的時候，張家已經十分熱鬧，到處張掛著紅布，正門上還貼著「上梁大吉」四個大字。

對於這裡的人來說，上梁可能是建房過程中最重要的一步了，俗話說「房頂有梁，家中有糧；房頂無梁，六畜不旺」，可見上梁在鄉親們心中的重要性。

柯采依牽著弟弟妹妹的手一走進張家大門，就聽見「嘿喲嘿喲」的吼聲。原來是在打糍粑。

這兒的習俗是每逢辦喜事的時候，早上都要打糍粑，以圖吉利。打糍粑是個重體力活，需要三、四個年輕力壯的男人輪流用大木錘子不停捶打，直到將一粒粒的糯米捶打成綿軟純白的麵團。

剛剛打出來的糍粑最好吃，軟糯彈牙，在炒香的芝麻或者黃豆粉裡滾上一圈，那叫一個香，三兩口就能吃完，一些有錢的人家還會提供紅糖，滋味更加香甜。

采蓮和書哥兒看著打糍粑，覺得分外有趣，看著看著都挪不動窩了。柯采依便叮囑他們不要亂跑，自己徑直去了後廚。

「這是英嫂，這是我小妹，我讓她們來給妳打打下手。」張嫂作為女主人，請了柯采依來做宴席，自個兒不用在滿是油煙的廚房打轉，故而也好好的打扮了一下，穿著嶄新的褙子，髮髻綰得整整齊齊，眉眼都是喜色。

她一再叮囑。「采依啊，妳這有一上午的時間準備，慢慢來，千萬可別出錯。」

柯采依抿嘴笑道：「放心吧，嫂子。」

張嫂滿意的點了點頭，到前廳招呼去了。

柯采依對著英嫂和張小妹打了個招呼，看著滿桌的食材，心裡打算了一番，便安排她們去摘菜。

那個叫英嫂的女人瞥了她一眼，轉身嘟囔道：「還以為是哪個大廚呢，找這麼個小丫頭片子，做的菜能吃嗎？」

綿山村的村民幾乎都是在地裡刨食，一年到頭忙忙碌碌種出來的糧食除了交糧上稅，剩下的大多也就夠個口糧罷了，如果不找其他路子，很難攢到什麼銀錢。故而要辦個紅白喜事，就算宴席上只有兩、三道葷菜，一般賓客也能體諒，不會多說什麼。

可現在柯采依看著張家廚房灶臺上擺著的肥雞、肥鴨，竹籃子裡擱著一條新鮮的大羊腿，地上木盆裡的鮮魚不停蹦躂著，更別提角落裡堆得滿滿當當的各色鮮菌果蔬了。

看來跑船這行當雖然辛苦，但著實掙錢，這宴席在鄉下來說夠有排場了。

柯采依默默在心中順了一遍今天上梁宴的菜單，緩緩呼了一口氣，然後圍上圍裙，將頭髮仔細的包在頭巾裡。作為一個美食愛好者，最鬧心的恐怕就是菜裡吃出頭髮了。

她取過羊腿，開始做去骨處理。這條羊腿是今天宴席上壓軸的大菜，她要做的是一道魚羊一鍋鮮，在秋冬季節更是滋補。

柯采依偏過頭見英嫂洗了兩把菜後，就站在廚房門口盯著院子裡瞧，那股看熱鬧的勁似乎恨不得馬上飛出這裡。

她眉頭一皺，開口道：「英嫂，妳去把那個爐子點上火吧，待會兒先煨羊肉，這道菜花費的時間比較長。」

英嫂似乎沒聽見，沒有回聲，連個身都沒轉。張小妹見狀，忙把手裡的香蕈放下，尷尬道：「我來吧。」

柯采依沒有抬頭，手裡的動作不停，嘴裡說道：「英嫂，今兒少不得要忙一上午，如果這樣三請四請請不動妳的話，那麼妳乾脆就自己去跟張嫂說不做了，好過在這裡甩臉子。」

她不是沒感覺到英嫂對她的輕視，本來不想理會，只要她把宴席做好，相信就能堵住別人的嘴。再說畢竟這是在人家的喜事上，她不想因為自己鬧出不愉快惹人嫌。反正她們左不過也是洗洗菜、端個盤子什麼的。

不過如果連點個爐子都使喚不動她的話，那她可無法再忍。

英嫂這才轉身悠悠的走了進來，下巴揚起，斜著眼瞧了瞧柯采依，見她埋頭幹活，哼了一聲蹲在爐子前開始點火。讓她被一個乳臭未乾的小丫頭片子使喚，心裡著實憋著一股氣，不過她倒也捨不得撂手不幹，因為做幫工有錢掙。

柯采依將處理好的羊腿肉切成塊狀，焯去血水。熱起油鍋後，依次放入蔥薑、八角、桂皮、香葉爆出香味，將羊肉倒入煸炒至表皮金黃，微微冒出油水，接著將炒過的羊肉轉移到加了冷水的湯鍋中，撒點調味，在爐子上慢慢煨著。

「姊姊。」

柯均書和柯采蓮手拉著手走了進來，書哥兒還端著個碗，他將碗遞給柯采依。「姊姊，吃糍粑了。」

柯采依一忙起來就忘了時辰，原來糍粑已經打好了。她蹲下身子，替柯采蓮擦去嘴角的芝麻粒。「你們倆都吃過了？」

「嗯，牛大娘拿給我們吃的，可好吃了。」

柯采依早早趕來張家，也沒有吃早飯，看著碗裡噴香的糍粑，頓時也覺得餓了，她挾起來嘗了一口。呵，今兒個這糍粑打得真好，咬一口還能拉出絲來，滿嘴都是糯米和芝麻的香味。

她三兩口吃完糍粑，對著弟弟妹妹叮囑道：「姊姊待會兒忙起來就沒有時間顧著你們倆了，你們一定要乖乖的。書哥兒你要看好采蓮知道嗎？如果有什麼事的話，就去找牛大娘。」

兩人乖巧的點頭。

他們走後，柯采依就全神貫注的處理食材，雞鴨剁好，豬肉切絲……各式調味品準備妥當，就等著下鍋。

和張嫂商議後，今兒這宴席每桌一共十道菜，雖然都是平日裡最常見的食材，但是為了不辜負張嫂對她的信任，她也是絞盡了腦汁，力求做出些新花樣來。

正當她忙得腳不沾地時，外面傳來一陣陣歡呼吶喊的聲音，看來上梁儀式進行到「抛梁」了。到了這一步，工匠們會站在房梁上將準備好的糕餅、饅頭向四面上下抛擲，嘴裡還要念上幾句吉祥話。

「走，咱們也去搶糕餅，沾沾喜氣。」英嫂聽到工匠們的吆喝聲，拉著張小妹急匆匆走了出去。

柯采依卻沒有功夫去湊這個熱鬧，她正在用手將煮好的雞肉撕成細條狀。麻辣雞絲雖然做法簡單，但是味道鮮辣爽口，用作冷盤開胃最合適不過了。

時辰過得飛快，上梁儀式快要完成得差不多時，廚房裡也是煎炸烹炒聲響個不停。

柯采依手腳麻利的切菜炒菜，還時不時也注意湯鍋裡的火候。

英嫂原本對她來當廚娘頗有怨詞，可看她做起事來有條不紊、乾淨俐落，連抛梁也不去湊熱鬧，專注在廚房，這時對她似乎也挑不出什麼不滿來，更別提聞到鍋子裡冒出來的陣陣香氣，更是暗暗嘆服。

「哎喲，好香啊，做什麼好菜呢？」柯采依正專注將煙筍切絲的時候，只見趙三娘並著一個婦人掀簾走了進來。

「柯采依？妳在這裡做什麼？」趙三娘瞪大了眼睛，原只是想到後廚來瞧瞧，卻沒承想在這裡看到她。

柯采依冷漠的開口：「妳看不出來嗎？我在做菜。」沒想到趙三娘也會來張家的上梁宴，真是陰魂不散。

「張家娘子咋想的，怎麼會請她來做席面？也不嫌晦氣。」趙三娘身邊的那個婦人陰惻惻的嘀咕。

趙三娘面色不善，掀了掀嘴皮。「妳莫不是拿什麼矇騙了張家娘子？別以為會做點兔肉，就自以為多了不起，人家的上梁宴可不是妳亂來的地方。」

做個菜也不得安寧！

柯采依抿起嘴角，淡淡說道：「我是張嫂請來做席面的，沒有必要向妳們解釋什麼。我倒要請兩位離開廚房，這裡不是什麼人都能進來的，萬一妳們身上一些不乾不淨的東西落到菜裡，吃壞了客人的肚子，還要賴到我的頭上。」

「死丫頭，妳敢編排老娘髒。」趙三娘氣得差點跳腳，一挽袖子，怒氣沖沖得像是要撲到她的身上。

「兩位嬸子，妳們這是幹什麼？」張嫂及時走了進來，看到這場面一頭霧水。

「張家娘子，妳來得正好，妳怎麼會請她來做菜啊，妳不知道她晦氣得很嗎？」和趙三娘一起來的婦人抓著張嫂的手，一副痛心疾首的模樣。

「就是啊，這丫頭哪裡會做菜，別把妳好好的宴席搞砸了。」趙三娘見她進來也不敢動手，只是氣哼哼的嚷道。

柯采依臉色沈了下來，她一向是多一事不如少一事，趙三娘不主動招惹她，她不稀罕搭理她。可是現在看著她可憎的面孔，真恨不得拿出以前打沙包的力氣揍她一頓。

第七章

張嫂素來便知趙三娘愛嚼舌根，卻沒料到她在這種場合也不消停，要不是她相公和柯義業有些交情，她真不想請這個女人來吃席。

當初她決定要請柯采依來做宴席的時候，自然將她的情況打聽得一清二楚。在她看來，柯采依爹娘早逝，一個人不僅要拉拔年幼的弟弟妹妹，還能去城裡做買賣，便打心底佩服這個小姑娘。至於什麼晦氣不晦氣的，她素來不信這個。

看在趙三娘好歹是客的分上，張嫂壓下心裡的怒氣，冷聲道：「嬸子，采依好歹也是妳的姪女吧，哪有嬸子這樣說自己姪女的？」

趙三娘訕訕說道：「我這還不是為妳考慮嘛。張廣兄弟在外面跑船風裡來雨裡去這麼些年，才攢下這麼一棟新房子，那上梁可是萬萬馬虎不得。這做菜的廚子自然也要挑好的啊，要不然被晦氣衝撞了就不好了。」

張嫂皺了皺眉，正色道：「多謝嬸子還替我家考慮，不過我和我相公一向不信這些神神叨叨的，靠自己的雙手掙來的東西，沒有什麼東西能衝撞得了。采依是我特地請來做菜的，我自然相信她的本事。」

說得好！柯采依差點忍不住給張嫂鼓掌，在這個時代，能說出這種話的女子真是難能可貴。

趙三娘張嘴似乎還想辯駁，張嫂不想把場面弄得難看，忙打圓場道：「兩位嬸子還是趕緊去前院坐著吧，宴席快要開始了。」

她們這才甩了甩袖子，瞪了柯采依一眼，甩簾子出去了。

「采依，她們的話妳別放心上。」張嫂怕她小小年紀，心裡會受不住。

柯采依咧嘴笑道：「嫂子，我一點都不會在意的，妳快去前面招待客人吧，馬上就可以上菜了。」

正午時分，賓客們都已經落坐，準備開席了。

柯采依一邊手裡忙個不停，一邊不慌不忙的對著英嫂和張小妹囑咐道：「差不多可以上菜了，先上冷盤再上熱菜，麻辣雞絲、蒜泥白肉和羅漢腐皮卷我都已經裝好盤了，直接端上就可以。」

「好嘞。」

英嫂和張小妹上完冷盤後，又依次回到廚房將熱菜端上桌，邊上邊高聲報著菜名。

「煙筍燒鴨一道。」

「粢毛肉圓來了。」

「八寶豆腐一道。」

那廂隨著菜一道一道端上桌，外面不停傳來杯盞碰撞的喧鬧聲，這邊柯采依心無旁騖的做著魚羊一鍋鮮最後的工序。

她將幾條巴掌大的鯽魚下鍋微微煎至兩面金黃，取出一大碗濃香撲鼻的羊肉湯，倒入鍋裡，另外再將白蘿蔔滾刀切塊，和鯽魚一起燉上片刻。鯽魚鮮嫩，稍微翻滾幾下肉便熟透了，吸飽了湯汁的白蘿蔔也逐漸變得透明。這時再將燉得軟爛的羊肉和魚湯混在一起，撒上一把細碎的蔥花，就可以上桌了。

桌上擺著八個大湯盆，柯采依依次將魚羊一鍋鮮倒入湯盆中。

這時張嫂喜孜孜的跑了進來。「采依妳的廚藝真是絕了，妳咋會這麼多花樣？剛剛里正還誇來著。」

柯采依聞言也十分歡喜，說道：「大家吃得開心就好。嫂子，除了這道一鍋鮮，還有一道點心就完成了。」

張嫂忙接手道：「我來端我來端。」

魚羊一鍋鮮一端出去，外面的喧鬧聲似乎更大了。

柯采依將端盤上菜的活兒交給幫工，又忙不停的去將冒著滾滾熱氣的蒸籠取下，裡面蒸著最後一道菜四喜餃子。四喜餃子不像普通的餃子形狀，而是猶如四片張開的花瓣，裡頭填入火腿、蝦仁、蛋黃和青豆，紅、白、黃、綠四個顏色好看極了。

等到英嫂將最後一盤四喜餃子端出去後，柯采依緊繃了一上午的神經才徹底放鬆下來。她長吁一口氣，擦了擦額頭的汗，捶了捶略顯痠痛的肩膀，坐在灶臺邊的凳子上準備歇一歇。

「采依妳怎麼還在廚房，快點出去吃飯啊。」英嫂急吼吼的奔進來，她現在已經對這個小丫頭沒有一絲不滿意了，因為她還從未吃過這麼好吃的席面。

「啊？我就在廚房隨便應付一下就好了吧。」

「那哪行啊，張娘子說了，妳不僅是她請來的廚子，也是咱綿山村的鄉親，她都給妳留好位子了。」她一把抓住柯采依的胳膊往外走。「快點，要不然那好菜要被他們吃光了。」

英嫂急切的樣子，像是生怕晚了一步，就沒得吃了。

柯采依一上午幾乎都在後廚沒有出去，現在到了前院，發現桌上眾人推杯換盞，實在熱鬧得緊。今兒一共置辦了八桌，有兩桌放在堂屋裡，坐的是里正和一些村裡德高望重的長輩，其他鄰里鄉親坐在院子裡。

柯采依瞧見鄉親們一個個吃得熱火朝天，心裡樂開了花。她眼一瞟，看見剛剛和趙三娘一起到後廚的婦人在哄著王富貴餵飯，原來她就是王大疤的娘胡氏。呵，和趙三娘果然是一丘之貉。

和胡氏同席的趙三娘恨恨的剜了柯采依一眼，沒料到這死丫頭果真有一手好廚藝，她放不下筷子，又覺得堵得慌，這一頓吃得實在鬧心。

柯采依無視她的白眼，徑直走到靠近院子門口的一桌邊上。柯均書和柯采蓮坐在牛大娘旁邊，吃得正歡，她摸了摸他倆的頭，對著牛大娘笑道：「大娘，麻煩妳了，還要幫我看著弟弟妹妹。」

牛大娘放下碗筷，拉著她的手笑呵呵道：「一點也不麻煩，蓮丫頭和書哥兒特別聽話。今兒這宴席妳可是大功臣，我就說找妳準沒錯。妳那道魚羊一鍋鮮真真是鮮得眉毛都快掉了，一上來就被搶光了。還有那四喜餃子回頭可不可以教教我？以後我逢年過節自己也來做，擺桌面上好看極了。」

牛大娘自然是歡喜得不得了，給張家請來個這麼靠譜的廚子，剛剛張家娘子給她算介紹費時都答應多給十文。

柯采依笑呵呵的答應下來，然後在書哥兒旁邊坐下。其實桌子上的菜差不多被掃光了，不過她實在餓得緊，也不嫌棄，挑挑揀揀湊合著吃點。

「柯姑娘。」柯采依正囫圇扒著飯時，李仁走了過來，對她微微作揖打了個招呼。

柯采依忙站起來。「李公子，你也來了。」

「原來今兒這一桌珍饈美味全是出自姑娘之手，在下佩服。」

這書生說話真是文謅謅的，害得她說話都不自覺酸腐起來，還好她也是個正兒八經的大學生，微笑道：「承蒙公子誇讚。」

「其實、其實在下還有一事相求。」李仁支支吾吾的，似乎不好意思開口。

「有事可以直說。」柯采依一頭霧水，李仁找到她能有什麼事？見李仁實在難以啟齒的樣子，柯采依便走到院子門外，問道：「李公子，這裡沒有別人，有什麼事你就說。」

李仁這才小聲說道：「在下是問姑娘還做不做冷吃兔了？」

噗哧一聲，柯采依萬萬沒想到李仁竟然是為了這個，他一直給她的感覺是那種「寧可食無肉，不可居無竹」不食人間煙火的高雅書生，沒想到也拜倒在麻辣冷吃兔之下。

李仁臉色微紅，他前幾日吃了幾口同窗買的冷吃兔便念念不忘，但是直到今天才知道這冷吃兔是柯采依做的，於是忍不住開口詢問。在書院時，夫子常常教導他們毋貪口腹之慾，故而提出這個要求，讓他實在有點難以啟齒。

柯采依覺得這個書生挺有趣的，樂呵呵的道：「當然還做，如果你買的話，我還可以給你打個折。」

「你們躲在這裡做什麼？」柯如蘭突然竄了出來，眼睛瞪得大大。「李仁哥哥，你為什麼和這個女人說話？」

李仁惱道：「在下只是有些事情請教柯姑娘。」

「你能有什麼事找她啊？」柯如蘭上前一步，直接想抓住李仁的手。李仁忙後退一步，擺手道：「姑娘自重，男女授受不親啊。」

柯如蘭咬牙切齒。「男女授受不親，那你為什麼總是找她？你知不知道她是喪門星啊，招惹了你會跟著倒楣的。」

李仁聞言，蹙眉道：「子不語怪力亂神，姑娘萬萬不可這樣造謠生事，喪門星這種話不可信的。」

柯如蘭一臉不敢置信。「你還維護她，你們到底什麼關係？」

柯采依扶額長嘆，這兩人的對話真是牛頭不對馬嘴，她好想看看柯如蘭這腦子到底裝的是什麼？

「柯如蘭，我和李公子什麼關係也沒有，坦蕩得不能再坦蕩，我現在就走，妳別發瘋。」

她不想與柯如蘭多費口舌，打算閃人。柯如蘭卻一把攔住她，高聲嚷道：「不說清楚不能走，上次跟妳說了不准再去找他的，妳騙我。大白天勾搭男人，真是不知廉恥。」

姑娘名節的。」

李仁一聽她說出這種話來，著急道：「妳怎可隨意誣衊別人，妳這樣說會有損這位

一陣秋風吹過，樹上的黃葉打著旋兒慢慢落下，柯如蘭此刻的心情就好像這落葉一般沈了下來。她苦著一張臉看向李仁。「你在意她的名節，那我呢？李仁哥哥，你以前還會和我說話，衝我笑的，現在你都不理我了。」

李仁頓覺手足無措，柯如蘭以前的確是常常會來他家，但大都是來找他的妹妹作伴，偶爾碰上了也說上過幾回話，但是他從來沒有對她有過一絲半點男女之情啊。

「難道你竟不知我對你的心意嗎？」柯如蘭紅了眼眶，臉色一片愁苦，哽咽道：「這麼多年我一直喜歡你啊！」

李仁垂下眼皮，似乎不好意思再看向柯如蘭，期期艾艾道：「我、我一直只是把妳當作妹妹啊。」

滴，妹妹卡發出來了。

柯采依啼笑皆非，出來做個宴席居然還能圍觀八點檔狗血劇。

「我不信，我才不信。」柯如蘭的眼淚啪嗒啪嗒落了下來，她指著柯采依哭喊：「是不是因為她？」

真是天降大鍋，在一旁看戲的柯采依滿臉無辜。「天地良心，我和他統共沒說過幾

句話。」

李仁急得差點跳腳，忙擺手道：「不關任何人的事，是在下……在下早已立誓，沒有考取功名就不娶妻，姑娘的好意在下無福消受。」

柯如蘭噙著眼淚道：「我可以等你啊。」

「哈哈哈，也不看看自己什麼出身，還在這裡作青天白日夢呢。」

「就是說啊，李家是她攀得起的嗎？」

原來幾個吃完宴席卻沒有走的婦人聽到了這裡的動靜，一人手裡抓著把瓜子在一旁看熱鬧，聽到柯如蘭說要等他，忍不住笑了出來。

其中一個婦人還對著柯如蘭略帶嘲諷喊道：「李仁可是咱們村裡數一數二的聰明人，將來保不定就是個秀才，人中龍鳳，野雞啊就別妄想飛上枝頭變鳳凰。」

這個時代雖說沒有那麼嚴格的男女大防，但是女子主動向男子表白心意還是不多見的。柯如蘭這次大剌剌的當眾說出來，還被幾個愛嚼舌根的婦人聽到，難保以後不傳出閒話。柯如蘭難堪又窘迫，臉上快滴出血來。

李仁現在是一個頭兩個大，對著圍觀的婦人作揖道：「大娘，如蘭姑娘只是年歲還小，不懂事，各位大娘萬萬嘴下留情。」

年歲還小？柯如蘭聽到這裡似乎乾脆破罐子破摔了，放聲大哭起來。

「三娘快來快來，妳的好女兒原來看上了李家小子，妳這個做娘的，還不好好為女兒打算一下，啥時候找個媒婆牽個線搭個橋啊？」

剛走出院子的趙三娘聽到這麼一句陰陽怪氣的話，臉色陰沈得要滴出水來。

她剛剛一時沒看見女兒的身影，走出來瞧瞧，卻沒想到被當成了笑話。她氣得胸脯一鼓一鼓的，用力瞪了一眼在一旁看好戲的柯采依，兩步走上去就是一個巴掌呼到柯如蘭臉上。

「沒臉沒皮的東西，妳不要臉，老娘還要呢。也不看自己幾斤幾兩，作什麼白日夢！」

趙三娘刻薄的一張嘴是村裡出了名的，罵起人來毫無顧忌，不過當著這麼多外人的面對自己的女兒也毫不留情面，也著實嚇了眾人一跳。

柯如蘭正哭得一把鼻涕一把淚的，被她娘這麼狠狠打了一巴掌，梗著的一口氣差點過不上來。那副狼狽的模樣，柯采依都有點不忍看了。

可是她什麼也不會說，狗咬狗一嘴毛，這對母女都是自找的。

「死丫頭，給我滾回家去，少在這裡丟人現眼。」趙三娘一把揪住柯如蘭的領子，直接拉著她走，柯如蘭一個踉蹌差點跌倒，邊走邊用幽怨的眼神回頭看向李仁。

看了場熱鬧，圍觀的人群終於滿意的散去。不用想，以後這村裡又要多幾條茶餘飯後的笑料。

李仁猶自望著柯如蘭的方向，可憐兮兮的樣子，似乎沒弄明白事情怎麼會變成這樣。

柯采依長嘆一聲，暗道這書生真是個呆子。看他一臉懊惱的樣子，忍不住勸了句。「你直接拒絕了她，沒有給她錯誤的希望，反倒是好事，接下來就看她自己想不想得通了。」

也不知道李仁聽沒聽懂，一臉沮喪的離開了。

發生在院子外面的這樁小小的風波並沒有影響到宴席。酒過三巡後，柯采依便和幾位嫂子一起收拾著杯盤碗碟一片狼藉的桌面。等到她碗筷洗淨擺好，廚房灶臺擦得一乾二淨時，已經到了申時。

「采依妹子，我這廚房還從沒這麼乾淨過呢，我以後都不敢下腳了。」

送走了最後一撥客人的張嫂，笑盈盈的衝她打趣。「喏，這是工錢，今天這宴席多虧了妳，我們是再滿意不過了。妳張大哥剛剛還說讓他在里正面前都倍長面子。所以除了約定好的一吊錢外，多給妳兩百文，以後要是再辦席面啊，我還找妳。」

柯采依客氣的推脫了兩下，便也笑著接下來了。

張嫂還給她打包了一些瓜子糕團，讓她拿回去給弟弟妹妹當個零嘴。

柯采依一回到家就把這些天掙得的錢集中算了算，賣了幾撥冷吃兔，再加上今兒這一兩，她的手裡已經有近四兩銀子。

她想了想，是時候把書哥兒讀書的事安排上了。

綿山村並沒有私塾，倒是有一個老童生，年輕時考了幾次秀才都沒考上，後來也就斷了那個念頭，如今常給村裡人寫寫書信之類的，偶爾也教教小孩子認幾個字。她打算把柯均書送到他那裡開蒙，讀個兩、三月的「短學」，到時候再把他送去城裡的學堂。

柯采依是個閒不住的，隔日她又揹著冷吃兔去賣。

「胡大爺，這次我又有新花樣了，來嘗嘗我新做的辣白菜。」上回做的辣白菜早就醃好了，紅通通的辣白菜浸泡在湯汁裡，一打開罐子就聞到撲鼻的酸辣味。

胡大爺湊近一看，笑道：「妳這丫頭怎麼腦子裡有這麼多新奇吃食啊？這種做法的白菜我還是頭一回見，只是聞了聞，我都要流口水了。」

柯采依樂呵呵道：「這辣白菜便宜又好吃，兩文一大份。買回去單吃、炒菜都是可以的，不僅清爽解膩，還能開胃提神呢。」

胡大爺毫無猶豫的叫柯采依裝上幾份，感慨道：「還是妳這裡的冷吃兔夠味，別家的好像差了那麼點意思。」

柯采依敏感的抓住了那個詞。「別家？」
「妳還不知道嗎？街那頭也有人賣冷吃兔了，比妳的還便宜一文錢。妳又不天天來賣，前日我饞得慌，就去那家買了點，不好吃，兔肉特別柴，也不入味。」
「我也買了，那花椒都炒糊了，一股苦味，我倒掉了大半。」
其他食客也跟著附和道。
柯采依不是沒想到會有人模仿，畢竟懂點廚藝的人吃過冷吃兔後，大多都能摸索出裡面放了什麼香料，只是沒想到這麼快就有人跟著做了。
不過她不介意，畢竟冷吃兔也不是她發明的，再說就算能模仿，也不一定做得出她的味道，因為香料的量多量少、火候都不是那麼容易掌握的。
她對自己這點信心還是有的。這不，只要她一回來，食客們還是到她的攤子上來了。
她將這件事拋在腦後，專心的給客人們打包。
「柯姊姊。」一道稚氣的聲音從人群外傳了進來。
柯采依抬起頭，這不是那個陳小公子嗎？她再偏過頭一看，陳晏之就站在他身後不遠處。
陳晏之緩緩走到柯采依跟前，笑道：「自從上回買了姑娘的冷吃兔後，我這個弟弟就饞上了，今兒吵著鬧著要來買。」

其實他大可以像上回那樣找僕人來買啊，他穿得這麼貴氣，和這滿是地攤的環境格格不入啊。當然柯采依只是心裡吐槽一番，看著眼前兩個眉眼頗為神似的兄弟倆，抿唇一笑。「你這個哥哥可真疼弟弟啊。」

疼弟弟？

陳峋之張著大大的眼睛哀怨的看了眼自家哥哥，上回他下學後興沖沖的趕回家，卻發現哥哥只給他留了一口。只有那麼一口的冷吃兔，這叫疼弟弟？平日裡少教訓他點就不錯了。不過看著哥哥瘆人的眼神，他敢怒不敢言。

哼，他賭氣的轉頭看向擺在地上的吃食，頓時被吸引住了目光，興奮的挨個兒陶罐依次點過去，歡快說道：「姊姊，這個這個這個我都要，多給我包上點好不好？」

「沒問題。」柯采依看著這個白白淨淨的小娃娃，著實歡喜得緊。

陳峋之轉頭看見坐在一旁的柯均書和柯采蓮，衝他們咧了咧嘴。雙生子也忍不住好奇的盯著這個和他們差不多年紀的娃娃。

「喏，陳公子給你。」柯采依兩三下包好幾份，遞給陳晏之，順便還給他講了講辣白菜的吃法。

陳晏之接了過去，卻還是若有所思的盯著她的臉，接著用手指了指她的臉頰。

她的臉頰有什麼？柯采依一臉迷茫，然後臉蛋微微發紅，被這麼個俊俏公子專注的盯著瞧，任誰也頂不住啊。

見柯采依一臉嬌羞的低下頭，陳晏之感覺她似乎會錯了意，忍笑說道：「柯姑娘，妳臉上沾到了東西。」

「啊，什麼東西？」柯采依下意識就想抬手用袖子擦掉。

「別動，是沾到了辣椒油，用袖子擦就不好洗掉了。」陳晏之遞過來一方手帕。「用這個吧。」

柯采依呆呆的接了過來，蟹殼青的絲綢手帕上繡著幾枝綠竹，入手冰涼潤滑，湊近還聞到了一絲香粉的味道。這個男人渾身上下都透著精緻，身為女人的她自嘆弗如。一直忙著給客人打包吃食，也不知道什麼時候辣椒油沾到了臉上。糟了，他會不會覺得她很邋遢啊？

柯采依垂著頭輕輕拭了拭臉，看到手帕沾上了刺目的油脂，她一臉窘迫。「對不住，把你的手帕弄髒了，我洗乾淨再還給你吧。」

「一條手帕而已，不必介懷。」陳晏之轉頭張望了下四周，見環境嘈雜，忍不住問道：「姑娘有沒有想過盤個鋪子，好過在這裡風吹日曬的？」

柯采依將他的手帕仔細收好，聞言笑道：「誰不想有個自己的鋪子啊。但是盤下鋪子的轉讓費、一年下來的租金雜七雜八，加起來可是一筆不小的花費，我現在還沒有那麼多錢，這不正攢錢當中。」

陳晏之不緊不慢道：「要是姑娘有需要的，在下倒可以幫忙。」

「謝謝公子好意，不過你能來光顧我的吃食攤就足夠了，鋪子的事情我自己會想辦法的。」

柯采依確實有點好奇這個陳公子的身分，但是她卻不喜歡白白接受別人的幫忙，因為人情債是最不好還的。

還挺有骨氣的。

陳晏之看著柯采依仰著一張不施粉黛的臉，一笑就會露出小小的酒窩，眼睛亮晶晶的，不禁恍了恍神。

「公子？」柯采依見他似乎在發呆，在他眼前揮了揮手。

「咳。」陳晏之回過神來了，握拳在嘴邊尷尬的輕咳了兩聲。「既然已經買好了，那我就不打擾姑娘做生意了。」

「走了。」他朝著陳峋之喊道，可陳峋之卻在一旁和柯均書、柯采蓮嘀嘀咕咕，熱絡的聊上了。

「我過兩天還會再來玩的。」陳峋之聽到哥哥喊，和雙生子不依不捨的道別。

陳晏之走了兩步，環顧了下周圍，皺了皺眉，怎麼有一種被人盯著的感覺。

今日柯采依又是早早賣完，帶著弟弟妹妹去了一個地方，就是書肆。雖說還沒有帶著書哥兒去拜師，但是筆墨紙硯這些東西反正遲早是要買的。

相較於其他鋪子的熱鬧，這書肆倒是安靜得很。姊弟三人站在書肆門口，柯均書拽了拽姊姊的手，仰著小臉疑惑道：「姊姊，我們來這裡做什麼？」

柯采依蹲下身子，摸了摸他的臉，問道：「書哥兒想不想讀書認字？」

「想啊，我當然想。」柯均書眼神放光，他雖然年紀小，但也知道要想出人頭地就得讀書。

「可是、可是我聽說讀書要很多錢，我們家沒有那麼多的錢。」一想到這裡，柯均書沮喪的垂下腦袋。

柯采依見狀笑道：「錢的事情你就不用擔心了，只要你以後用心讀書。」

柯均書用力點了點頭，嚴肅的保證。「我會的，我一定好好學。」

柯采依進去之後，本來還擔心會不會被掌櫃趕出去。沒想到他只是抬起眼皮上下打量了下她，見她雖然穿著寒酸，但舉止大方，便又埋頭到手中的話本當中，剛剛讀到哪兒了？

柯采依暗笑這書肆老闆自己就是個書癡。

牆上掛滿了各種書畫，裡面擺了六排書架，按著詩文、遊記、話本、律法等分門別類擺放得整整齊齊。書肆內只聽得見輕微的翻書聲，有幾個寒門士子或坐或站，捧著本書如飢似渴的讀著。見一個女子帶著兩人走了進來，露出訝異之色，不過也沒說什麼，畢竟他們待這裡白白看書，本來也是不合規矩，多虧掌櫃不嫌棄。

柯采依隨手翻了翻一本遊記，裡面沒有地圖，只是記載了這個朝代東南都是海，西北有高山和荒漠，和她以前的世界太像了。

柯采依轉了轉，找到了放著蒙學書籍的地方。柯均書這個年紀不外乎讀寫些《三字經》、《百家姓》、《千字文》之類的，一本還不到半個指節厚，卻要一百多文，這還是書肆最便宜的書。旁邊厚厚的一本當代名士詩文集冊，竟然要二兩銀子。難怪有「窮書生」之說，這麼多兩銀子花出去，一般人家哪能不窮呢。

柯采依拿了幾本蒙學書，又去找掌櫃的買紙。掌櫃依依不捨的從話本冊子裡抬起頭來，直接拿了一疊黃麻紙給她。

咦？她還沒問都有什麼紙呢。

「這種紙粗厚耐用，適合剛剛學字的小娃娃。」掌櫃似乎看出了她的疑惑。「其他的青竹紙、玉扣紙也有，但是很貴，妳買這種紙就可以了。」

柯采依暗道這位掌櫃眼光倒是毒辣，一眼就看得出客人的需求。雖然從她進了書肆後他就一直面無表情，但眼神裡卻沒有輕視之意。

掌櫃略抬了抬眼皮又道：「姑娘一定是為妳旁邊的男娃娃來買的吧，剛開始學寫字少不得要多費些紙，無須買恁貴的，不划算。」

柯采依摸了摸黃麻紙，便繼續問：「掌櫃的，我還要買硯臺墨條，你也給我推薦推薦吧。」

掌櫃這才依依不捨的放下手中的書冊，轉身從身後的架子上取硯臺。

到底在看什麼書啊？這麼認真。

柯采依探頭瞄了眼掌櫃放在櫃檯上的書，只見書籍封面寫著《狀元郎與我娘親二三事》，她差點當場笑出聲來，原以為這個掌櫃在正兒八經鑽研學問，沒想到是在看這些香豔話本。

掌櫃一轉過頭來，她便趕緊低頭憋住笑。

不行，不能笑，萬一惹惱他，不賣東西給她就不妙了。

掌櫃完全沒看出柯采依的不對勁，一本正經道：「小姑娘，這套青石硯臺和松煙墨是我這書肆裡賣得最好的，尋常人家大都是買這種。我想妳肯定也缺毛筆吧，再加上毛筆，這一整套抹去個零頭，算妳一兩銀子好了。」

小小一方碧青色的硯臺，上面雕著雲朵的花紋，墨條上的蘭花寥寥幾筆，頗顯神韻。柯采依一眼就相中了，踮著腳扒著櫃檯的柯均書也滿臉歡喜，歡喜得不得了。

「好，就要這套吧。」

最後算上開蒙用的書籍和黃麻紙，加在一起花去了差不多一兩半銀子。都說讀書人金貴，能不金貴嗎？一個字還沒開始學呢，錢是如流水般花出去了，科舉這條路真真是用銀子堆出來的。

第八章

柯采依帶著柯均書上門的時候，就見一頭白髮的老人家穿著青襟，正埋頭修補一個破筲箕，那場面倒是有種「採菊東籬下，悠然見南山」的味道。

老童生姓呂，年過五旬，只得個女兒，早早嫁了出去，如今只剩他和妻子兩個人在家。

柯采依有點緊張的開口道：「呂太爺您忙著呢。」

呂老頭抬起眼皮看她，疑惑問：「妳是？」

「您可能不認識我，我叫柯采依，柯義根是我爹。」不認識她，總認識她爹吧，再不行把祖父也搬出來，反正這個村姓柯的外來戶只他們一家。

呂老頭打量了她一眼，又問：「原來是柯老頭的孫女，找我什麼事？」

「是這樣的，我來是想求您一件事。」柯采依將柯均書推到跟前，熱切道：「我想把我弟弟送到您這裡開蒙，請您教他讀書認字。」

柯均書侷促的拽了拽衣服下襬，照著姊姊在家時說的喊了聲：「夫子好。」

「別別，我還沒同意呢，算那門子夫子。」呂老頭擺擺手，冷聲冷氣道：「我並沒有打算收學生。」

怎麼和聽說的不一樣？柯采依見呂老頭神色似乎有點不耐煩，小心翼翼的說道：「可我聽說您常常教村裡的小孩子認字啊，再多收一個不行嗎？」

呂老頭眼皮都不抬，淡淡說道：「那只是我打發打發時間罷了，高興了就教，不高興了就不教。可一旦正式收下學生就不得不教，老頭子我啊最怕的就是束縛，煩得很。」

這老頭脾氣挺古怪啊。柯采依賠著笑臉道：「不會的，書哥兒很乖、很聽話。」

柯均書也緊張的上前，小聲道：「太爺，我會用心學的，只要您肯教我。」

呂老頭放下手裡的活兒，嚴肅的問道：「小丫頭我問妳，妳送弟弟來只是想他能認幾個字好以後找活兒幹，還是想著他能考取功名？」

柯采依抿了抿嘴，正色道：「我當然是希望他能在讀書這條路上走得更遠。」

「那妳知不知道科舉這條路有多難，中間要花多少錢財？」呂老頭加重了語氣，似乎在告誡她一般。「如果妳大把大把的銀錢花在他身上，結果可能卻是一場空，妳受不受得了？別到時候反過來埋怨他。」

柯采依稍微抬了抬下巴，淡然說道：「不會的，我的確是希望他能考取功名，但絕不會強求。」

呂老頭聞言看她的眼神變了變，接著道：「妳是他姊姊吧，妳爹娘都早早去了，妳這個做姊姊的遲早也要嫁人，妳到時候拿什麼供他讀書？妳的夫家斷不會允許妳貼補娘家弟弟的。」

柯采依摸了摸柯均書軟軟的頭髮，笑道：「這個您放心，只要書哥兒自己願意讀書，我砸鍋賣鐵也會供他的。如果我未來的夫家不能接受，那也不是我的良人。」

「妳……」呂老頭倒沒想到她竟有這般決心，他停頓片刻，沒好氣道：「還是不行。」

柯采依訝異道：「為什麼？」

呂老頭緩緩說道：「讀書端看的是個人的悟性，有些人沒有悟性，再怎麼教都沒用。我看這娃娃呆頭呆腦的，就不是成材的料。」

柯均書一聽，沮喪的垂下了腦袋，柯采依有點氣憤的說：「您還沒教怎麼知道。」

「老頭子，你就別難為人家小姑娘了。」一個老婦人端著個木盆從外面走了進來，對著柯采依笑道：「小姑娘別在意，他啊就是嘴巴硬。」

「婦道人家懂什麼。」呂老頭站起來，上前接過呂婆子手裡的木盆，看到她另一隻手裡的東西，問道：「手上是什麼？」

「隔壁二狗子給的，他說你來來回回替他給兒子寫了好幾封信，卻顧著他家裡窮，一次錢都沒收過。這次打到了兩隻鴿子，特地送過來給你嘗個鮮。我說不要，他扔下就跑了。」

「收下吧，不然下回他該不好意思找我替他寫信了。」

呂婆子苦笑道：「二狗子也真是，我這老太婆哪裡會做鴿子喔。」

呂老頭毫不在意的揮了揮手，說道：「拔了毛，扔水裡煮煮就好了。」

「別啊，都道『一鴿勝九雞』，這鴿子特別滋補益氣。」柯采依眼睛一亮，走上前對著呂婆子笑咪咪道：「呂太婆，我來幫您做吧。我沒別的本事，廚藝還算馬馬虎虎，讓我來吧。」

柯采依被呂老頭嗆得本都打算放棄了，此處不留爺自有留爺處，她就不相信再找不到其他可以教書哥兒的人了。可是看到呂老頭為二狗子寫信卻不收錢，又覺得他還算有點人情味。此刻看到呂太婆不會做鴿子，便上前搶過這機會，給他露兩手，好好拍個馬屁沒準兒有用。

呂太婆連連拒絕。「這怎麼好意思，上門就是客，哪有讓客人下廚的道理。」

呂老頭「哼」了一聲，蹙眉道：「妳以為給我做頓飯，我就會同意了？」

柯采依咧嘴笑道：「等您吃到了再說嘛，趁著這個時間，您老再好好想想。」

柯采依不等呂老頭回答，就從呂婆子手裡接過鴿子，興沖沖奔向了廚房。

這兩隻野鴿子確實夠肥，柯采依打算一隻做燒汁焗乳鴿，另一隻則用來燉湯。燉湯需要多費些時間，柯采依先取出一隻乳鴿，去血水去沫，再加入薑片、蔥結和泡好的乾香菇，用小火慢慢燉著。

趁著燉湯的功夫，她又用薑蒜、細鹽、料酒仔仔細細給另一隻乳鴿做了個按摩，醃製一刻鐘左右。再將醃好的乳鴿放入鍋內過油，見表皮金黃便撈出鍋瀝油。

接著下鍋爆香蒜蓉，加入陳皮、桂皮、醬油，少許糖、料酒和清水，待水沸騰後，放入乳鴿，小火燜一盞茶的時間。等到湯汁變得濃稠，乳鴿就可以起鍋了。接著盛盤，澆上湯汁，一道色香味俱全的燒汁焗乳鴿就大功告成了。

「采依丫頭，沒想到妳還有這廚藝，太香了。」呂婆子聞著香味走進廚房。「我那老頭子在外面聞著味兒都要坐不住了。」

柯采依眼睛一彎，對著呂婆子嘿嘿一笑。「太婆，你們喜歡就好了。」

呂婆子看著桌上一排的調味品，有點難為情道：「還麻煩妳從家裡拿來這麼多香料，這吃了妳做的菜，以後老頭子都要吃不下我做的那些豬食了。」

「說哪裡話，太婆您太謙虛了。」柯采依輕輕揭開燉鍋的瓦蓋，稍稍嘗了嘗味道，接著道：「太婆，這道香菇燉鴿湯補氣益血，老人家吃了特別好，做法也很簡單，待會兒我把法子教給您，另外再教您幾道比較簡單的菜，以後您就可以自己在家做了。」

「那敢情好。」

呂婆子一聽十分歡喜，瞅了會兒柯采依手上的動作，嘆了口氣，說道：「丫頭，妳別埋怨他。我這老頭子年輕時考上了個童生，當時縣試和府試都是名列前茅，家裡原本對他寄望很高，可以說舉全家之力供他讀書，就盼著他能一舉高中，從此榮華富貴。

「可是到了考秀才時，考了好幾次，每次總是差那麼一丁點，幾年下來家裡再也出不起錢了。我公公婆婆還為此愁得一病不起，走的時候都不甘心，兩個大伯也和老頭子鬧翻了，罵他掏空了家裡，卻沒有混出個什麼出息，到現在都沒有往來。所以他不想收下妳弟弟，是怕妳只是頭腦一熱，以為功名利祿那麼容易，到時候反而後悔。」

柯采依聽完臉色凝重起來，沒想到呂老頭脾氣臭歸臭，還挺用心良苦。

「上菜了。」

燒汁焗乳鴿色澤紅亮，濃香肉滑，骨頭都恨不得能吃掉。香菇燉鴿湯已經燉至肉爛，用筷子輕輕一挾，骨肉立刻分離，曬乾的香菇將鴿子的鮮味全部吸了進去，咬一口都會爆汁，滿嘴濃鮮。柯采依還加了道蔥油菜心，有葷有素有湯，倒也十分豐盛。

「采依啊，妳這手藝真的……絕了。」呂太婆毫不掩飾的誇讚，喝一口乳鴿湯，順著喉嚨淌到胃裡，整個人都暖和起來，鴿子肉入口即化，完全無須再費勁去咬。

「老頭子，快吃啊。」呂婆子挾了塊鴿肉到他的碗裡。「別擺著個臉了，剛剛不知道是誰躲在廚房門口，伸著脖子聞了又聞的。」

「咳咳。」呂老頭一臉尷尬，瞟了眼旁邊一臉笑意的柯采依，一本正經道：「我就嘗嘗，不好吃我可不會嘴下留情的。」

他挾起一塊焗鴿子送入口中，咀嚼了兩下，眼神猛的亮了，加快了咀嚼的動作，立馬又伸手想挾下一塊，突然動作一停，慢悠悠道：「馬馬虎虎，勉強入口吧。」

勉強入口？那你挾那麼快幹麼？柯采依看著這個口是心非的老頭子暗笑不已。

「太爺別著急，再喝口湯。」柯采依親自給他盛了碗湯，撐著下巴看他大快朵頤。一旦放開了，呂老頭吃的速度明顯加快了。

等他吃飽喝足後，柯采依這才小心翼翼開口道：「那拜師的事情您考慮得怎麼樣？」

「沒問題。」呂婆子將柯采依拉到身邊坐下，促狹笑道：「反正他成日裡也沒什麼事幹，我那外孫一年到頭也來不了幾次，這個小娃娃乖巧得很，正好也可以陪我們解解悶。」

「太爺您說呢？」

呂老頭沈默了一會兒，輕描淡寫的說道：「先教兩天試試看吧，萬一實在不是讀書的料，還是乾脆認命回去種田好了。」

「太好了。」柯采依當作沒聽到後面那句話，眉開眼笑道：「您放心，該有的束脩我一分都不會少的。」

呂婆子笑道：「無須什麼束脩禮，得空給他做幾道好菜就夠了。」

「沒問題。」柯采依和書哥兒相視一笑，小娃娃興奮得小臉通紅。

「小姑娘，今天有什麼喜事啊？這麼高興。」

秋意漸濃，柯采依這靠近江邊的攤子沒個遮擋物，颯颯的秋風冷冷的吹到臉上。不過此刻的寒意卻沒有澆熄她的熱情，她笑嘻嘻的回答客人。「因為人逢喜事精神爽啊。」

客人打趣道：「妳這生意是越來越好了，的確是樁喜事，看看這麼一會兒就要賣完了。」

她瞇起眼睛一笑。「還要多謝您捧場啊。」

「喂，那個丫頭，聽說妳這裡的冷吃兔特別好吃，給老子來點。」柯采依正忙著給客人打包吃食時，一個穿著灰色短褂，嘴角長了顆大痦子的男人突然走了過來，一雙倒三角眼不懷好意的上下掃視了一下柯采依，流裡流氣的模樣嚇得旁邊的客人紛紛後退兩步。

柯采依看著一臉猥瑣表情的男人，心裡頓時沈了下來，但又不好發作，畢竟上門都是客，只好按捺住怒氣，問道：「客官想要買什麼？我這裡有不同口味的兔肉。」

男人雙手抱胸，趾高氣揚的用腳踢了踢放在地上的陶罐。「每樣都要。」

柯采依登時氣得站立起來，咬牙切齒道：「你想幹什麼？」

「丫頭。」一位常常光顧她攤子的大嬸走近，拽了拽她的胳臂，附在她的耳邊輕聲道：「他是這裡出了名的賴子，快點賣給他完事，千萬別惹惱了他。」

出門在外做生意難免會碰上地痞，如果擱以前，她完全不用忍，可是看著緊挨在她身邊的雙胞胎，心下有了猶豫，只好強忍著一口氣，飛快的給他將吃食裝好。

最好拿了東西快點走。

可惜這種情況下往往都是事與願違。

「呸什麼臭東西，這也能吃，妳糊弄老子呢！」那男人錢還沒給，先打開嘗了一口，突然發難，把冷吃兔往地上一摔。

本來以為是碰上了收保護費的潑皮無賴，柯采依這才看明白了，他分明就是來找碴的。她冷著一張臉道：「我在這裡擺攤有一段時日了，哪個客人不說好？你分明是故意來鬧事。」

「人人都說好？騙鬼呢，這種東西餵豬豬都不吃。」那男子朝地上啐了一口唾沫，用嫌棄的語氣說道：「吃得老子一嘴發麻，要是鬧肚子，非把妳這破攤掀了不可。」

「哎吳老二，你這是存心找麻煩，幹啥欺負人家小姑娘。」圍觀的人群中有人聽不下去，忍不住幫腔。

「干你屁事。」吳老二揮了揮拳頭，抬起下巴揚聲道：「是不是找打，滾一邊去。」

那人縮了縮肩膀，頓時不敢出聲。

柯采依咬了咬牙，沈聲道：「我自問並沒有哪裡得罪過你，你到底想做什麼，請直說。」

「賣這麼難吃的吃食，我作為客人難道不能說出來嗎？」吳老二斜睨了她一眼，突然捂著肚子「哎喲哎喲」的叫喚起來。

「我就知道妳這東西不乾淨，害得老子肚子疼，大家都看到了，我吃了妳的冷吃兔鬧肚子，妳必須賠錢。」

「你……」

沒想到吳老二竟然當眾碰瓷，演技拙劣得八歲小孩都能看出來有多假。

柯采依冷眼看著他表演。「既然你說我這吃食有問題，那我們就上縣衙，請官府定斷。」

「還知道上衙門，知道我跟縣老爺什麼關係嗎？說出來嚇死妳。」吳老二一臉得意的樣子。「進去後怕妳就出不來了。」

柯采依沈默下來，她來這木塘縣不久，的確不知道縣衙什麼情況，往日看過的那些官匪勾結的影視片段都浮現在她的腦海。

吳老二見她似乎被嚇到了的樣子，笑咪咪道：「這些時日賣了不少錢吧，拿出來孝敬老子，然後帶著這破攤滾出木塘縣，我就放妳一馬。」

「憑什麼？」

吳老二瞇了瞇眼，換了個口氣，低聲道：「我一向不喜歡為難別人，這麼水靈靈的小姑娘做什麼要在這裡風吹雨淋的，哥哥我看得都心疼了。」

他說著說著還想上手摸她的臉，柯采依後退了一步，冷聲道：「拿開你的髒手。」

「喲，這小嘴兒還挺辣的，我喜歡。」吳老二對著周圍放肆笑道。

「你滾開，不准欺負我姊姊。」一旁的柯均書突然衝上前去，用力推了把吳老二。吳老二紋絲不動，嚙著牙花子罵道：「小東西，敢動你爺爺。」說罷伸手抓住柯均書的領子，想把他提溜起來。

一直在忍耐的柯采依，積壓的怒氣此刻終於爆發了，咬著牙道：「這是你自找的。」

她一把抓住吳老二的胳膊，將書哥兒拉過來推到身後，自己拽著吳老二上前幾步，二話不說，直接給他來了個漂亮的過肩摔，將他重重的摔在地上。

「啊！啊……」後背著地的吳老二頓時發出殺豬般的嚎叫聲。

那聲音之慘烈，嚇得圍觀的眾人目瞪口呆，包括剛剛趕到現場的陳晏之。他本來正在附近的商鋪談事，聽到下人來報柯采依遇到了麻煩，匆匆趕了過來，卻不料看到眼前這一幕，這似乎和他想的不一樣啊。

是可忍孰不可忍！柯采依本來想著多一事不如少一事，木塘縣畢竟不是她熟悉的地盤，所以對吳老二一再忍讓，但是妄想動到她的弟弟妹妹身上，她卻怎麼也忍不下去。

吳老二完全癱在地上，整個後背猶如撕裂般疼痛，連肋骨都隱隱作痛。

他看著柯采依猙獰的眼神，不禁往後縮了縮，轉頭對著後頭喊道：「你們兩個還他娘站在那裡幹什麼，給老子上啊！」

果然有幫手。

柯采依按了按指關節，正好，來兩個打一雙。

人群中走出來一個個子矮矮，長著一身腱子肉的男人。看到剛剛柯采依乾淨俐落的動作，他此刻也心生膽怯，他扭了扭腦袋，嚥了口口水，揮著拳頭向她衝了過來。

柯采依以前練散打的時候，也不是沒和體型彪悍的男人對打過。她沈下心來，待那男人衝到眼前時，兩手立刻伸出去，緊緊扣住他的肩膀，不給對方動作的機會，抬起膝蓋重重給他的腹部來了一擊，趁著他痛到捂著肚子的時候，一個右勾拳將他掀翻在地，那矮個子被打得酸水都吐出來了。

「小心！」

柯采依剛把那矮個子打倒在地，就聽到一聲驚呼，等她回過頭，一根粗棍子已經揮到眼前，她下意識用左手手肘擋了一下。

趁著她對付那矮個子的時候，另外一個幫手竟然搞偷襲。柯采依偏過頭躲過棍棒，一把抓住棍子，那跟班拿著棍子卻動不了，她一個巴掌狠狠的搧過去。

「讓你打我，讓你打我。」

一巴掌又一巴掌，那男人兩邊臉頰頓時就腫了，嘴角還滲出了血絲。

「姑奶奶，饒命啊！」

「哼！」柯采依將那男人往地上一甩，轉頭又往吳老二方向走去，沒料到那吳老二不知什麼時候偷偷溜了。兩個跟班躺在地上哀號了一會兒，見老大已經跑了，也連滾帶爬的遁逃了。

都是些虛張聲勢的傢伙。

「好，打得好。」不知道是誰帶頭叫了聲好，圍觀的人群頓時發出陣陣掌聲。

柯采依撓了撓太陽穴，倒有點不好意思。老天爺，她真的只是想安安靜靜的做個美少女來著。她心裡發愁，如今得罪了這吳老二，不知道以後會不會有更大的麻煩。

陳晏之一臉複雜的看著眼前的女子，她穿的還是那身樸素得幾乎連繡花都沒有的衣裳，眼睛亮閃閃的，因為打鬥過小臉通紅，在人群中意外吸引人的目光。

她真的是個普通的農女嗎？

「柯姑娘。」

人群逐漸散去，陳晏之信步走上前。

柯采依驚訝一聲。「陳公子，你來了，你不會也看到了……」剛剛那一幕不會也被他看到了？

陳晏之抿唇笑道：「原來柯姑娘不僅廚藝好，還有一身好功夫。」

「啊那個……」柯采依眼神閃爍。糟了，她這個沒見過什麼世面的農女卻能打倒三個大男人，他該不會懷疑什麼吧。

陳晏之看著她尷尬的表情，轉移話題道：「妳的手沒事吧？」

「沒事，那根小棍子傷不了我的，嘶……」柯采依故作豪邁的揮了揮胳膊，卻突然感到一陣痛意襲來。

陳晏之一臉我就知道的表情，接著說：「別逞強了，還是去看下大夫比較好，萬一傷著筋骨怎麼辦。」

「不用了，過兩天就好了。」

「走吧，前面剛好就有一家醫館。姑娘不想著自己，也該為弟弟妹妹著想，萬一妳的手有個萬一，讓他們怎麼辦。」

柯均書和柯采蓮一人一邊拽著柯采依的衣服下襬，顯然被剛剛的事情嚇到了，一直眨著水汪汪的眼睛看著姊姊，一副泫然欲泣的樣子。

柯采依一看到弟弟妹妹就心軟了，只好乖乖跟著陳晏之去了醫館。萬幸並沒有什麼大礙，只是些皮肉傷，大夫給她開了些活血化瘀的藥酒。

「柯姑娘，妳知不知道自己得罪了什麼人？」

柯采依一提起這個就鬱悶。「我也不清楚，那個吳老二聽說是個地痞流氓，可是我來木塘縣擺攤子也沒多久啊，真不知道哪裡得罪了他。」

陳晏之若有所思的睨著她，其實他上次就感覺有人好像在盯著她的鋪子，所以才派人注意著她的情況，果然隔沒幾天她就被人找碴，看來事情並不是那麼簡單。

柯采依拿著跌打藥酒，出了醫館門口，感激的看著他。「陳公子，今天真是多謝你了。」

陳晏之輕笑一聲道：「我並沒有幫什麼忙啊，妳接下來要回家嗎？我送妳回去吧。」

柯采依忙揮揮手道：「不用不用，太麻煩你了，其實我待會兒還要去買點東西。」

「那剛好讓阿福幫妳提東西。」陳晏之提醒道：「剛剛大夫說了讓妳這兩日儘量不要提重物，妳那兒還有冷吃兔的大陶罐，妳弟弟妹妹提得動嗎？

「再說萬一待會兒吳老二回過頭來報復怎麼辦？妳能打得過三個人，打得過一群人嗎？」

怎麼都說不過他，柯采依只好跟著他上了馬車。

與此同時，吳老二被跟班攙扶著，扶著腰，一臉陰沈的走進街角一家昏暗狹小的鋪子。鋪子裡一個客人也沒有，他用力「砰」地一下砸在桌面上。

鋪子老闆聽到動靜，急忙跑了出來，看到來人，忙賠笑道：「吳哥，您來了，快請坐。」

吳老二陰惻惻道：「坐你個頭，好你個錢李，你竟敢矇我。」

錢李惶恐道：「這是從何說起，我哪裡敢矇您？」

「你不是跟我說那賣冷吃兔的就是個小丫頭片子嗎？」

「是啊，千真萬確。」

「放你娘的屁，小丫頭片子能把老子打成這樣。」吳老二火冒三丈，語氣粗鄙道。

「看看我兩個兄弟，都是她打的。」

兩個跟班配合的慘叫起來。

「什麼？這是被那小丫頭打的？」錢李一臉驚恐。「這不可能啊，吳哥，我去看過，她不就是個手無縛雞之力的小姑娘嗎？」

「難道老子還騙你不成。」

錢李這下心裡悔得要死。他經營著一家滷肉鋪子，但是近來生意每況愈下，前段時間看到柯采依的冷吃兔大受歡迎，自己也買了份仿著做，起初兩、三天生意倒是相當不錯，但過沒多久又回到原點，客人們寧願多花錢去買那小丫頭的，都不來買他的。

錢李看著柯采依熱熱鬧鬧的攤子，既憤怒又嫉妒，恰好他認識吳老二，便想著請吳老二將她趕出木塘縣，以後就再也不會有人和他搶生意了。

錢李萬萬沒想到打好的如意算盤就這麼徹底破碎了，那死丫頭竟然打得過三個大男人，怎麼可能？

吳老二不耐煩的敲了敲桌面，對著錢李凶巴巴道：「反正老子今天被打成這樣，都是被你害的。廢話少說，給錢。」

錢李雙手絞在一起，弓著腰戰戰兢兢道：「吳哥，那錢我之前不是已經給過您了嗎？」

「現在情況已經不一樣了。」吳老二捂著隱隱作痛的肋骨，瞪眼怒目道：「老子傷成這樣，看大夫抓藥還有老子的精神損失費不都是錢嗎？快點拿二十兩銀子出來，就不與你計較了。」

錢李一聽，腰彎得更低了，苦著臉道：「二十兩！吳哥，我拿不出來啊，真的是沒錢了。」

「沒有錢？」吳老二一巴掌拍到他的腦袋上，把對柯采依的怒氣撒到他的身上，逼問道：「沒錢還敢找我們辦事，沒錢你裝個屁闊氣！不給錢信不信老子把你這破爛鋪子拆了。」

「別別，吳哥，拆了這鋪子我真活不下去了。」錢李被吳老二打得連連後退。看來不消點錢財是請不走這尊瘟神了，他不情不願的從懷裡掏出幾個碎銀子，賠笑道：「吳哥，這是我全部的家底了，再多就沒有了，放過我吧，以後我給您做牛做馬。」

吳老二掂了掂手裡的碎銀子，哂笑道：「打發要飯的呢。」

他對著後面的跟班招呼一聲。「你們倆到後面搜，看見值錢的都給我拿走，他娘的，看見這小子就來氣。」

錢李急忙上前攔去，哀號道：「別啊！吳哥，我給……我給還不成嗎？」

偷雞不著蝕把米，錢李心裡恨死柯采依了。

第九章

第一次坐馬車的柯采依覺得分外新鮮，屁股底下是軟軟的墊子，甚至還可以躺著睡，如果陳晏之沒有坐在對面的話，她鐵定要好好體驗一番。

現在她正襟危坐著，平日裡愛鬧的雙生子也安靜的坐在她的身邊，偷偷瞧著眼前這個好看的大哥哥。

不知道怎麼回事，一來二往的和這位陳公子成了相識。

陳晏之看著柯采依端坐的樣子，抿嘴一笑。「冒昧問一下，柯姑娘的功夫是跟誰學的？」

他果然還是問出口了，確實沒幾個人會相信一個這麼普通的農女會功夫。

柯采依斟酌著開口。「是我爹教的，他以前在城裡打短工認識了幾個跑江湖的朋友，教了他幾招防身，他後來就教給了我。其實我也就會那幾招而已。」

沒說實話。

雖然他自己並不是個練家子，但是剛剛柯采依乾淨俐落的動作，絕不是一朝一夕可以練成的。

「喔對了，陳公子這是你的手帕。」柯采依怕他再繼續追問下去，連忙轉了個話題，從懷裡拿出手帕遞給他。「我已經洗得乾乾淨淨了，想著你來的時候還給你的。」

陳晏之接過疊得整整齊齊的手帕，既然她不想說，那他也不好再問下去，低頭笑了下，道：「上次從妳那兒買的辣白菜，我娘很喜歡。她本來最近沒什麼食慾，就著辣白菜倒是吃了不少飯。」

「真的嗎？」柯采依一提到吃食，臉上就輕鬆起來。「今天已經賣完了，不過我家裡還有一些，正好待會兒都打包給你帶回去。」

柯采依到家時太陽都快落下山了，阿福幫她把東西搬到屋裡，陳晏之並沒有下車。她快手快腳的將家裡剩下的辣白菜全部裝在小罈子裡，交給陳晏之時說道：「辣白菜雖然開胃，但是脾胃虛寒者最好不要一次吃太多。」

陳晏之掀著簾子，對她笑道：「多謝姑娘提醒。」接著並沒有再說什麼，和她道了聲別，就離開了。

柯采依注視著他的馬車漸漸離去。

因為吳老二鬧事這件突發的意外，柯采依決定暫停幾天不去城裡賣冷吃兔了，一來避開吳老二的報復，二來調養一下手肘上的傷。

隔日一大早，柯采依熬了一鍋瘦肉青菜粥當早飯。切得細細的豬肉熬得軟爛無比，鮮香的肉味完全滲入到米粒裡，再煎了幾個雞蛋餅，外焦裡嫩，三個人美美飽餐了一頓。

吃完早飯，柯采依拿出之前買好的新襖子給柯均書和柯采蓮換上，經過她這段時間的餵養，兩人終於長了一些肉，臉蛋圓乎乎的，氣色也紅潤了很多。

他們小心翼翼的摸了摸身上的新衣服，一臉歡喜。

柯采依替柯均書整理了下頭髮，輕聲道：「待會兒去拜呂太爺為師之後，你就是個小書生了，以後要用心讀書，知道嗎？」

柯均書緊緊抿著嘴，嚴肅的點了點頭。

柯采依讚許的摸了摸他的腦袋。「真乖，等你學會了，回來還要教采蓮一起認字。」

換了一身粉衣的柯采蓮驚喜道：「姊姊，我也能學認字嗎？」

「當然了，雖然姊姊不能送妳去讀書，但多少要認得幾個字，以後才不會吃虧上當。」

「好吔。」柯采蓮頓時樂得歡呼起來。

柯采依牽著弟弟妹妹一起上了呂老頭家，正式磕頭拜師後，柯均書當下就留在他家開始上課了。柯采依旁觀了一會兒，雖然只有柯均書這麼一個學生，但呂老頭上課的架勢擺得還是挺有模有樣的，她這才放心的離開。

周巧丫挎著菜籃子上門的時候，柯采依正在給院子裡的菜地拔草，前段時日種下的菜都冒了苗，綠色的小苗在蕭颯的秋日顯得格外可愛水靈。

周巧丫把手上的籃子往地上重重的一放，笑道：「采依快來，我帶了些番薯給妳。」

柯采依三兩步走了過去，脆生生道：「好新鮮的番薯。」

「這是我家昨兒剛挖出來的。」周巧丫瞇起眼睛一笑。「我想著妳家現在不是沒有地嗎？肯定也沒有種番薯，就拿了些給妳和書哥兒、采蓮嘗嘗。」

「多謝了，但是這也太多了，妳還是留著自己家吃吧。」

「沒關係，今年我家番薯種得還不錯，收穫挺多的。」周巧丫提到這個是眉開眼笑。

原來已經到了紅薯收穫的季節，柯采依瞧著那些還沾著泥巴的紅薯，個頭並不算大，畢竟這個時代沒有那麼多的肥料來補足它的養分，不過能種出這個樣子已經算是不錯了，在這裡可是老百姓填飽肚子的寶貝。

柯采依提起籃子，拉著周巧丫進屋，邊走邊問道：「巧丫，這番薯你們平日都怎麼吃？」

「怎麼吃？」周巧丫怔了怔，接著說：「還能怎麼吃？一般不就是蒸熟或者扔到灶膛裡烤熟唄。」

「只有這些？」柯采依聞言頓了頓，心裡冒出了個想法。「那妳有吃過紅薯涼粉或者紅薯粉條之類的嗎？」

周巧丫歪著腦袋疑惑道：「紅薯涼粉？粉條？那是什麼東西啊，聽都沒聽過，是城裡出來的新鮮吃食嗎？」

想來這裡還沒有出現紅薯粉，她的確在城裡也沒有見過賣紅薯粉的。那這豈不是個大好的商機！想想在她以前的世界，粉絲和麵條可是各自佔據了大半江山。紅薯這種東西，如果只用來蒸或者烤，未免太單調乏味了，可是做成紅薯粉後，可以做軟韌爽滑的涼粉、酸爽麻辣的酸辣粉，還有拌拉皮、砂鍋粉、炒粉等，絕對會大受歡迎的。

冷吃兔並不是一個長久的買賣，最近兩次周大青都和她說天氣越來越冷，兔子很難逮到了。她早就在想另外的吃食點子，如果能做出紅薯粉的話，那麼擺個酸辣粉攤倒是不錯。在寒冷的秋冬之季，吃上一碗熱氣騰騰的酸辣粉，是多麼美妙的一件事。

柯采依越想越興奮，拉著周巧丫的手喜孜孜道：「巧丫，我想出一個新的吃食點子。」

說做就做，柯采依決定先用周巧丫送來的這籃紅薯做個試驗。

作為一個曾經的美食博主，柯采依對手工製作紅薯粉並不陌生，只不過之前有各種現代化的工具，操作比較方便，如今換成這麼原始的製作方法，她還是第一次接觸。

送走周巧丫後，她馬不停蹄的找到村裡的木匠，訂做了一個底部有均勻孔洞的漏瓢和一個小木錘子，這是做紅薯粉條必不可少的工具。

休養了兩日，她手肘的傷也好得差不多了。事不宜遲，她立即開始嘗試製作紅薯粉，這個工序說難也不難，只是較為繁瑣，需要十足的耐心。

柯采依先將一籃子紅薯清洗掉泥巴蔭乾，接著用菜刀將紅薯剁爛。其實最好是用磨盤來磨，這樣磨出來的紅薯漿更加細膩。村東頭倒是有一個磨盤，供村民集體使用。不過因為她現在做的量不大，直接上手剁也不難。

接著她將剁得細碎的紅薯漿倒入清水中，開始洗粉，用乾淨的濾布將紅薯漿過濾，過濾出來的水用一個大木盆接著，這一步驟至少要兩遍才行。過濾出來的水呈棕褐色，接著將木盆裡的水沈澱一個晚上。

剩下的紅薯渣可以用來餵雞，柯采依撒了點到雞食盆裡，四隻小雞撲棱著翅膀圍了過來，啄食得那叫一個歡。

一夜好眠。

柯采依一起床立馬奔過去查看紅薯粉沈澱的情況，她將盆裡表面的水倒掉，露出底下白色的紅薯澱粉。看著成形的澱粉，她備受鼓舞，為了讓做出來的澱粉更加細膩，她又將澱粉加水進行二次過濾、沈澱，再將紅薯澱粉曬乾，最後用細密的篩子篩一遍，這樣做出來的紅薯澱粉比麵粉還要細膩潔白。

紅薯澱粉做出來後，就要打芡做粉條了。

這一步單靠柯采依一個人無法完成，家裡弟妹年紀又太小，她便去把周巧丫喊過來幫忙。

周巧丫看著盆裡的紅薯澱粉，瞪大了眼睛道：「老天爺，這……這真的是從紅薯裡出來的？比精麵還要細呢。」

柯采依笑得眼睛彎彎。「不用懷疑，就是用妳上次給我的那籃紅薯做出來的。」

周巧丫疑惑道：「用這個就可以做妳說的粉條嗎？」

「沒錯，所以才特地找妳來幫忙。」

柯采依指揮周巧丫去燒火，自己則開始進行打芡，她將紅薯澱粉一邊加熱水，一邊不停攪拌，慢慢揉成不黏手、能拉絲的粉芡。打芡不僅需要技巧，還需要充足的體力，還好她手上有點功夫，不缺這個力氣，不然一個小姑娘做這個必定累得夠嗆。

灶臺起大火，鍋裡燒開水，再用一個木盆填滿冷水。等到她將粉芡揉好後，之前訂做的那個漏瓢就派上用場了。她揪下一塊粉芡放入漏瓢內，用小木錘子均勻捶打，粉條通過小小的孔洞滑入鍋內。這個漏粉的過程也是有講究的，舉得高漏出來的粉就細，舉得低則粗，端看個人的喜好。

紅薯粉條一下入熱水中即可成形，這時周巧丫迅速將粉條撈到冷水中，讓其冷卻。將冷卻後的紅薯粉條晾曬在竹竿上，就大功告成了。

秋冬季節很適合做紅薯粉條，因為剛剛做出來的紅薯粉條在晾曬時如果經過低溫霜凍，會更加有韌性，勁道足。

「采依，妳怎麼總會有這麼多點子呢？」周巧丫晾曬著軟滑透明的紅薯粉條，不禁讚嘆道：「要不是親眼所見，我想破了腦袋也想不出紅薯還能這麼吃。」

柯采依不好意思笑道：「我也是在城裡偶然聽到一個四處遊歷過的老人家說的，本來只是試試看，沒想到做成了。」到底是誰第一個發明紅薯粉的，估計是考證不出來了。

她看著竹竿上掛著的一排排紅薯粉條，雖然只做了一籃子紅薯，卻讓她倍有成就感。

「巧丫，今兒多謝妳來幫忙。也到飯點了，就在我家吃晚飯吧，我下碗粉給妳嘗嘗。」

周巧丫也迫不及待想試試這個新鮮吃食，毫不猶豫的點點頭。

柯采依特地留了一些粉條沒有拿去曬，剛做出來沒有經過晾曬的叫做水粉，比曬過的粉條更加軟嫩入味。

以前天氣一冷，燉菜就特別受歡迎，看了看家裡五花肉和大白菜都不缺，柯采依便決定做豬肉白菜燉粉條。

她將五花肉切成半個指節厚的塊狀，焯去血沫後瀝乾，下鍋煸至表皮微微變色冒油，然後放蔥薑、八角、香葉爆出香味，接著加入料酒和醬油上色，加入清水小火燉上片刻。

如果是曬過的粉條少不得要多燉上一會兒，不過水粉熟得快，稍微燜了一會兒後，將切好的大白菜葉放進去燜熟，即可起鍋。

這廂豬肉白菜燉粉條做好了，那廂酸辣粉就更快了。

酸辣粉好不好吃的關鍵在於底料，柯采依將細鹽、胡椒粉、蒜水、醬油、陳醋和一勺豬油依次放入碗裡，再添上兩勺她秘製的紅油辣椒，底料就做好了。再將燙好的粉條和青菜倒入碗裡，加一點湯，最後撒上一把小蔥花。

「來嘍粉咯，今天是紅薯粉宴。」

正正方方的桌子中間擺著一大盆豬肉白菜燉粉條，旁邊還有一小碟切成塊狀的紅薯涼粉。柯采依、周巧丫和弟妹面前則一人一碗酸辣粉。

周巧丫湊近聞了聞。「好香啊，一股很濃的酸味。」

柯采依笑了笑，挾起一筷子粉條，入口軟滑勁道，喝上一口又酸又辣的湯，太過癮了。再從豬肉白菜燉粉條裡挑起幾筷子吸了肉味的粉條，清香可口。

一種粉兩種味道，好不痛快。

周巧丫嗦著酸辣粉，嘴角都紅了一圈，便挾了塊爽滑清涼的涼粉壓壓辣，對著柯采依問道：「妳接下來就是打算去賣這紅薯粉條嗎？」

柯采依嚥下嘴裡的五花肉，點了點頭道：「紅薯粉條是要賣的，不過我最想賣的還是用紅薯粉做出來的吃食。」

「還是像以前冷吃兔那樣擺攤？」

「不了，我想租個攤位，再擺上兩、三張桌子。這酸辣粉製作方法簡單，在這種寒冷時節應該會很受歡迎，最重要的是它是城裡獨一份。」柯采依給埋頭嗦粉的柯均書和柯采蓮一人挾了一筷子五花肉，笑道：「慢點吃，多吃點肉。」

接著又對周巧丫道：「妳想想，一般人以前沒有見過這種粉條，我冒然拿去賣，可能很難一下子打開銷路，但是如果他們在我的攤子吃過我做的粉，到時候豈不是更容易賣出去。」

周巧丫聽得連連點頭。「還是妳想得長遠。」

「不過如果要擺攤賣酸辣粉的話，單靠我們兩個做粉只怕是跟不上。」柯采依皺了皺眉。「少不得要再找人幫忙。」

周巧丫一拍手，說道：「找我哥啊，現在到了農閒，地裡沒什麼活兒，山上的兔子也少了，他正愁沒事幹呢。」

這倒是個好主意，周氏兄妹算是她來到這個世界最早結識的朋友，人品信得過。

「好，那巧丫妳回去的時候幫我問下妳哥。」

「不用問，他鐵定會答應的。」

「我也可以幫姊姊。」柯采蓮舉著筷子，用稚嫩的聲音說道。

「真乖。」柯采依欣慰的捏了捏她的小臉，看著柯均書也想舉手，忙道：「你就乖乖去夫子那裡讀書就好。」

柯均書聞言嘟了嘟嘴，只好又埋頭吃起粉來。

周大青果然二話不說就答應下來，隔日一大早他就扛著一袋子紅薯和周巧丫上了柯采依家。

他看著已經曬乾成形的紅薯粉條，眼睛裡的興奮完全掩蓋不住。

柯采依翻了翻滿滿一袋子的紅薯，個頭飽滿，色澤紅豔，滿意道：「這些好了，省得我再去你家找你買了。」

「買？」周大青聞言坐不住了，站起來對她說道：「不需要買，這些都是給妳的。」

柯采依訝異道：「這如何使得？」

周大青撓了撓腦袋，笑得一臉寬厚。「這紅薯粉條的法子是妳想出來的，這手藝方圓十里都沒有人會做。妳願意找我來做這紅薯粉條，以後妳就是我的師傅，做徒弟的哪有收師父錢的道理？」

「徒弟？」柯采依仍是一頭霧水。

「對啊，我周大青別的大道理不懂，但是這件事還是有點瞭解的。我們村裡的那個老木匠，他有個徒弟都跟著學了兩年多，還沒有出師呢，現在把他師傅當親爹伺候著呢。」

周巧丫也接著哥哥的話說道：「采依，昨兒我都沒想到這個道理，多虧了哥哥提醒，要不然就是我們白白佔了妳的便宜咧，說出去臉都要丟盡了。」

柯采依聽完，摸著下巴琢磨了一會兒。她倒是完全沒有想到這個方面。是了，這個時代如果有一門手藝在身，就算沒有田地，一般也餓不死。

紅薯粉條的做法在這裡的確算是頭一份，周大青會有這個想法也不奇怪，而且這個時代看重「師徒」關係，難怪周大青這麼鄭重。

不過，要讓周家兄妹白白給她幹活，她是無論如何接受不了的。其實相比師徒關係，她更青睞的還是簡單的雇傭關係。

「周大哥，師徒就不必了，我真的擔不起。我有個主意，不如你們聽聽看。」柯采依心裡有了打算，對周氏兄妹笑了笑，道：「我還是買下你的紅薯，請你來給我做紅薯粉條，做了多少給你算工錢。」

柯采依篤定道：「你也不用覺得不安，這紅薯粉條的買賣以後也許會做得更好，到時候難道招的人都要當我的徒弟不成，還是雇傭方式更簡單，你說呢？」

周大青和周巧丫拗不過柯采依，終於還是同意了這個決定。

有了周大青的幫忙，三個人的速度明顯加快了許多。

這回紅薯漿不再是用菜刀剁，而是切成塊狀後，由周大青挑著去村東頭用磨盤磨。

忙了整整三天多，終於做出了第一批紅薯粉條。

這邊做著紅薯粉條，那邊冷吃兔的買賣也不能停。柯采依心驚膽戰的賣著冷吃兔和辣白菜，生怕吳老二帶一大幫人來尋仇，萬幸什麼事也沒發生。

賣完後，柯采依就去租攤位。

她找到官府專門管理市場攤位的地方，主事的是一個四十多歲的男人。他看到一個小姑娘上門，上下掃視了她一遍，用懷疑的口氣問道：「是妳要租攤位？想租個什麼樣的？」

柯采依無視他的眼光，直接回道：「有沒有熱鬧地段的？」

「熱鬧地段？」主事嗤笑一聲，輕蔑的看了她一眼。「有那地段的妳付得起銀子嗎？再說現在也沒有，好地方早被租完了。」

柯采依沈思了一會兒。「那靠近街區的也可以。」

主事漫不經心的翻了翻手裡的帳冊，突然停在某一頁，抬起眼皮道：「趕得巧了，還真有一個。東市街尾有一個攤位正好在轉租，到我這裡登記過了，原先是個賣包子的。」

柯采依來了興趣。「我可不可以去看看？」

「妳真的要租？」主事似乎不大相信，再問了一次。

「千真萬確。」

「那我便帶妳去瞧瞧吧。」

賣包子的是一對老夫婦，柯采依去的時候，攤子前還有幾個人在買包子，等到客人散去，她才和主事走上前。

得知柯采依的來意，賣包子的老闆忙迎了過來，還招呼老婆子包了幾個大肉包，要請他們吃。

柯采依擺了擺手，負責租賃的主事倒是不客氣的接了過來，看樣子平日裡沒少到這些攤子白吃白喝。

老闆搓了搓手道：「我兒子在鄰鎮買了房，我們一家都要搬過去。忙了一輩子，老了也打算享享清福，以後不再賣包子了。所以除了這個攤位，還有這整套的鍋灶工具也打算一併賣掉。」

柯采依繞著攤位轉了一圈，砌好的灶臺，有兩口大鍋，鍋裡現在正放著蒸籠，冒著滾滾熱氣。雖然看著老舊了一些，不過完全不妨礙使用，倒是比新打一套便宜許多。

柯采依環顧了下周圍的環境，這個攤子的位置雖然在街尾，但不算偏僻，旁邊有一塊空地，正好可以擺兩、三張桌子，人來車往，人流量不算低。

包子鋪老闆見柯采依低頭不語，以為她沒有看上，著急道：「小姑娘，我在這裡賣了好幾年，這地段真不賴。我這急著出手，如果妳要租的話，這鍋灶都能便宜賣給妳。」

柯采依思忖了一會兒，好的攤位可遇而不可求，她便決定就是這個了。

包子鋪老闆聞言喜不自勝，兩人又跟著那主事回到官府做了些交接手續，她當下就交上三個月的租金，只待五日後就可以開始使用。

柯采依要擺食檔的消息自然要向她的老熟客打廣告，她告知每個來買冷吃兔的食客，即將在東市開食檔。

老熟客胡大爺先是恭喜了一番，接著又苦惱道：「那以後還能吃到冷吃兔嗎？」

「當然可以。」食客對她的吃食念念不忘，令柯采依很感動。「除了這冷吃兔、五香兔，我還要賣你沒有吃過的新鮮吃食，保准你是第一次吃。」

眾食客一聽又有新鮮吃食，笑著說：「那一定要去捧場啊。」

柯采依翹著嘴角道：「到時候你們來，熟客都給打折優惠。」

進入深秋，日頭落得越來越快，太陽的餘暉還沒有散去時，柯采依用籃子裝了碗五香兔肉，又裝了一把紅薯粉條，上了呂老頭家。

她到的時候，呂家小院靜悄悄的。她輕手輕腳的走進堂屋一看，柯均書正伏在案上，小手有點笨拙的抓著毛筆在練字。

她探頭瞄了一眼，雖然下筆還很稚嫩，但是已經有模有樣了。

這時呂老頭從後屋轉了出來，對著她點了點頭，如今他對柯采依的臉色好了許多。

專心致志的柯均書這才發現姊姊的到來，忙將手裡練好的字舉高。「姊姊看我寫的字。」

柯采依看著紙上「教之道，貴以專」六個字，摸了摸他的小腦袋，毫不掩飾的誇獎。「我弟弟真棒。」

呂老頭嘟囔著：「看得懂嗎？」

柯采依習慣了他的毒舌，不在意道：「夫子，我今兒個拿了點五香兔肉給您添個菜。」

「來就來，還拿什麼東西。」呂婆子也從廚房走了出來，看著紅薯粉條疑惑道：「這是什麼？」

「這是紅薯粉條。」柯采依拿給呂婆子看，一邊解釋。「太婆，妳待會兒先把這粉條用熱水泡一會兒，再下鍋煮，特別軟嫩，您肯定愛吃。」

呂婆子聞言笑道：「我真是老了，如今冒出來的新鮮吃食都認不得了。」

等柯均書練完最後一個字，柯采依便牽著他的手往家走，路上小娃娃還不停的向姊姊訴說呂老頭有多嚴格，寫錯一個字要重寫二十遍。

這不就是她以前讀書時的模樣嗎？柯采依暗笑道，果然古今的老師都是一個路子。

柯采依牽著柯均書的手正慢慢的往家走去，迎面卻碰上了柯義業和趙三娘。他們一個扛著鋤頭，一個挑著扁擔，看樣子是剛剛從田地裡回來。

分家的時候，柯采依年紀還小，對這個三叔印象不深，她爹死後與他就更少有來往，說實話還沒有趙三娘來她家的次數多。以前不來往，柯采依就當沒有這個三叔的存在，可現如今迎面碰上了，她沈默了一會兒，還是開口喊了聲：「三叔。」她自動無視旁邊趙三娘刀子似的目光。

柯義業瞧著這個許久未見的姪女，皺著眉，神色有點不自然的點了點頭。

趙三娘看了看柯采依，陰陽怪氣道：「喲，聽說妳把弟弟送去呂老頭那兒讀書了？這是從他家回來？」她本來還一直不大相信這回事，可是看著柯采依過來的方向，擺明是從呂家出來。

柯義業接著她的話道：「妳真打算要供書哥兒讀書？」

柯采依摟緊柯均書，淡淡道：「這是我爹的遺願，他一直希望書哥兒將來可以做個讀書人。」

她話音未落，趙三娘嗤的一聲笑了出來，哂笑道：「讀書人？也不看看自己什麼德行，天生就是一輩子泥腿子的命，再讀多少書也掩蓋不住身上的泥腥味，我勸妳啊還是不要浪費那個錢才好。」

「泥腥味就泥腥味唄，為什麼要蓋住？這又不是什麼丟臉的事。」柯采依挑起唇角，瞥了她一眼。「咱們太祖爺當年還是農夫出身呢，不照樣榮華富貴、稱王稱帝。」

這還是她上回在書肆翻到的。

「啊呸！」趙三娘往地上啐了一口。「妳什麼東西，敢和太祖爺相比。」

柯采依懶洋洋開口：「我什麼東西是不知道，總比有些人都不是個東西好。」

「妳怎麼跟三嬸說話的呢。」一直沈默的柯義業終於開口斥了她一句，轉頭又對著趙三娘道：「妳也少說兩句。」

柯義業看了看柯均書那張頗似柯義根的臉，以前和二哥因分家鬧得有點不睦，如今父母兄長皆不在人世，突然生起感慨來，對柯采依問道：「妳送書哥兒讀書是好事，但這可不是一天兩天的事，妳哪來的銀錢？」

柯采依漫不經心的看著地面。「這就不用三叔操心了。」

「他爹，妳這個姪女如今是闊了。」趙三娘一開口就是怪聲怪氣。「做買賣不知道賺了多少錢，就是不知道拿來孝敬孝敬長輩。」

柯采依冷聲回了一句。「因為長輩也沒個長輩樣啊。」

「妳……」趙三娘提高了聲音。「信不信我明兒就去宗祠那告妳個不孝之罪？」

柯采依毫不在意道：「有本事妳就去，正好把我們以前分家、分田地那些事一起拿出來再說道說道，看看到底誰有理。」

「行了，別吵了。」柯義業不耐煩的喊道：「天快黑了，妳帶著弟弟快回去吧。」

看著柯采依的身影，趙三娘憋著一股氣，對著她男人道：「我也要把陽哥兒送去讀書，我兒子難道不比那個沒爹沒娘的聰明？」

「讀個屁書，哪來的錢？妳知道讀書要花多少銀子嗎？」柯義業瞪了自己婆娘一眼，惱怒道：「自己兒子什麼樣妳還不知道，成日裡不是吃睡就是鬧，妳這個做娘的能把他教好就謝天謝地了，還想讀書？」

趙三娘沒好氣道：「有你這麼說自己兒子的嗎？」

「我說的哪句不是實話。再說妳想送，呂老頭會收嗎？」柯義業挑起扁擔往前走，有點輕蔑的說道：「我看那妮子也是一時興起，指不定能讀個幾天呢。」

趙三娘一時語塞，她就是不服氣。

第十章

一轉眼就到了柯采依食檔開張的日子，她一大早先將柯均書送去呂老頭那兒上課。自己雇了周大爺的牛車，拉上家什器物，帶著周巧丫和柯采蓮，趁著天矇矇亮趕去縣城。

柯采依租下的攤位早被她收拾得乾乾淨淨，攤子前還架起了一個先前訂做的木頭招牌，上面寫著「柯記酸辣粉」五個大字。

柯采依先和周巧丫一起將桌椅擺好，接著將兩口大鍋刷洗乾淨，燒起火來。這個東市是個成熟的市場，裡面不僅有各類攤檔，而且還有為這些攤檔服務的，比如就有人專門為食檔提供水和柴火，花不了幾個錢，卻節省了攤主們不少麻煩。

兩口大鍋一口下豬大骨熬著湯，另一口則用來炒澆頭。

柯采依準備了兩種澆頭，一種是純肉末澆頭，她選取七分肥三分瘦的豬肉剁成肉餡，下油鍋爆香，逼出肥油，加調味後十足噴香。還有一種是肥腸澆頭，這裡的人一般不愛吃豬下水，尤其豬大腸更是登不了大雅之堂。所以當周巧丫看到柯采依從殺豬匠那裡買了豬大腸後，一度感到十分不解。

真是暴殄天物，只要品嘗過肥腸的滋味怎麼能忘得了呢？

肥腸要做得好，關鍵是清洗乾淨，沒有異味。柯采依在家的時候就將豬大腸用鹽、麵粉和醋再三清洗過了。她先將肥腸下入鍋中，加入蔥薑和料酒煮至酥軟，撈起切段。鍋裡再下蔥薑和豆瓣醬爆香，接著倒入肥腸，再加一些青椒翻炒片刻，爆炒肥腸就完成了。

周巧丫湊了過來，皺動鼻子嗅了嗅，嘖嘖道：「豬大腸怎麼能做得這麼香？」

柯采依好笑的看著她迷醉的表情，直接挾起一塊給她嘗了嘗，她張嘴咬下後，燙得直抽氣。「好好吃，好嫩啊。」

柯采依將炒好的肉末和肥腸裝在小罐子裡，放在案板上。案板上還擺著一溜的油鹽醬醋等各式調味品，全部用白色的小瓷瓶裝著。

她有條不紊的準備著待會兒要用的各類食材，而周巧丫則忙著將新做的桌椅板凳再擦一遍。

等到日頭逐漸升高，街上漸漸人聲鼎沸起來。這條街上的食檔著實不少，賣麵的、賣大餅的、賣肉羹的，此刻也都各自起灶燒火，忙得不亦樂乎。滿街飄著食物的香味，各種吆喝聲開始此起彼伏。

這些常年在此處擺食檔的攤主們早就知道賣包子的老夫婦要走，卻不知道接手的是個十幾歲的小姑娘，看她的攤檔招牌上寫著什麼酸辣粉，個個也是一臉好奇。只不過自己也忙得很，顧不得上來說話。

柯采依看到街上的人越來越多，抬頭瞅了瞅天，吃飯的點已經到了。此刻豬大骨湯也熬得濃香四溢，一切準備妥當後，她就扯著嗓子開始吆喝了。

周巧丫是頭一次跟著出攤做買賣，到底抹不開面子，手裡拽著塊抹布，根本不好意思張口，直愣愣的看著柯采依賣力的吆喝著。

柯采依吆喝了沒幾句，就有客人上前，正是之前經常來買冷吃兔的老顧客。

他們圍著柯采依的食檔看了起來，其中一個大爺打趣道：「小老闆，妳這攤檔可讓我好找。要不是聽見妳的吆喝聲，我還在前面打轉咧。」

「謝謝各位來捧場啊，如今攤位不好找，租到這個就不錯了。」柯采依一邊笑著回答，一邊麻利的將紅薯粉條下入湯鍋裡。

能認字的食客念著招牌上的字。「酸辣粉？這是個什麼東西，是米粉做的嗎？」

「不是喔，是紅薯做的粉。」柯采依舉了舉手裡的粉條。「客官來一碗吧，又酸又辣，保管在這天氣吃完全身都熱呼呼。」

食客看著鍋裡咕嘟咕嘟的冒著泡，粉條在湯裡翻滾起伏，湯裡的那股香味飄進鼻子裡，吞了吞口水道：「那就給我來一碗酸辣粉。」

「好嘞。」柯采依高興的應了一聲，一邊手腳俐落的忙碌著，一邊又問道：「客官，可還要加澆頭？」

「都有啥澆頭？」

「今兒準備了肉末和爆炒肥腸兩種。酸辣粉六文錢一碗，加澆頭一份八文。」柯采依又對著還在猶豫的食客道：「如果客官不能吃辣，我們也有骨湯粉，用新鮮大骨熬的，鮮得很。」

大爺用不相信的語氣道：「豬大腸也能吃？聞著那味兒哪裡還吃得下去？」

「放心，我這肥腸絕對沒有異味，如果有的話，我不收您的錢。」柯采依又對著食客高聲道：「而且今天開業大酬賓，免費送一碟辣白菜。」

聽著柯采依這麼篤定的口氣，大爺也忍不住笑道：「那好，就加一份肥腸澆頭，我倒要看看這酸辣粉加肥腸是個什麼滋味。」

柯采依請他先去桌子那兒坐著，自己則麻利的燙粉、調底料，不消片刻，一碗紅湯肥腸酸辣粉就好了。因是是食檔的第一位客人，她便親自給他端了過去，外加一碟切成片狀的辣白菜。

大爺垂眼看著眼前的酸辣粉，上面是幾片青碧的芫荽，捲曲的肥腸鋪在棕黃色的粉上，周圍散落著焦香的酥黃豆。他迫不及待的挑起一筷子粉，入口嫩滑香糯，喝一口漂著紅油的湯，香辣不膩，酸爽極了。再吃上一口脆彈有嚼勁的肥腸，他不禁對著柯采依揚聲喝采。

「真真好吃，我從沒吃過這麼過癮夠味的粉，這肥腸果然一丁點味道都沒有，老闆好手藝。」

柯采依聞言也滿心歡喜，自己做出來的食物能得到別人的肯定，是讓她覺得最有成就感的事情。

本來還在猶豫的客人一聽，趕緊搶下位子坐下，七嘴八舌的開口。

「老闆，給我來一碗酸辣粉，多點辣子，加肥腸。」

「我也要一碗，多加點肉末，還有不要放芫荽，放點蔥花。」

也有食客猶豫了半天，說道：「我吃不了辣，來碗骨湯粉就好。」

面對客人們各式各樣的需求，柯采依一點也沒有慌亂，兩三下功夫，一碗接一碗的粉就起鍋了。

周巧丫則像隻忙碌的小鳥，端著碗飛快的送上桌，一時之間「窸窸窣窣」嗦粉的聲音在食檔上響個不停，再配上辣白菜，在這寒涼的深秋時節，客人們吃得額頭冒出一層薄汗，紛紛大呼過癮。

路過的人聞著空氣中濃濃的那股子酸香味，又見食客全都在埋頭苦吃，不禁被吸引了過來，來得晚的連位子也沒有了，直接或站或蹲，毫不顧形象的端著碗吃起粉來。

柯采依的這個酸辣粉食檔剛剛開張，生意就這般熱鬧，看得周圍的攤主實在眼熱。旁邊一個賣乾貨的老闆也被這香味吸引，忍不住要了一份，直接端著回自己攤位吃，嗦了沒兩口就暗暗讚道，生意這麼好果然不是沒道理的。

聞著味道而來的食客一撥又一撥，柯采依腳不沾地一直忙碌到未時，就把今兒個準備的紅薯粉條和澆頭全部賣了精光，還有不少客人眼巴巴的等著，卻被告知已經賣光，不禁高聲抱怨起來。

「小老闆，這才什麼時辰啊，還早得很咧，咋就賣光了？」

「我可是妳的老熟客，聽說妳食檔開張，特地走了兩條街過來的，就等著今天來嘗嘗咧，我不是白跑了？」

「白等了那麼久，我還沒吃到贈送的辣白菜呢？」

因為食檔第一天開張，所以柯采依確實準備得少了一點。不過這些老熟客也不能得罪，她忙雙手合攏，向著不滿的客人賠了個笑臉道：「真的對不住各位大叔大哥，今兒個是我的不是，準備得太少了。放心，為了補償大家，明天來的食客照樣贈辣白菜一份。」

這還差不多，看柯采依誠意滿滿的樣子，食客們也只能無奈的散去。

柯采依和周巧丫見東西已經賣光，便將家什器物收拾了一下，再去菜市場採買了一些短缺的食材，照舊搭牛車往家去了。

回去的路上，周巧丫一路上興奮的嘰嘰喳喳說個不停，對未來的日子充滿了期待。

回到家後也沒法立刻歇息，柯采依稍微整頓，又忙著繼續做紅薯粉條。按照計劃，她和周大青分工合作，她帶著周巧丫上城裡賣酸辣粉時，周大青就在家專心磨粉、洗粉，待她們回來後就可以開始做粉條。

周巧丫一見到哥哥，就忙不迭告知他今日食檔的生意情況。那誇張的語氣和神情，看得柯采依在一旁發笑，周大青聽聞買賣做得好也喜不自勝，做起事來越發有幹勁。

三個人快手快腳的將紅薯粉條做完，柯采依就從今天做買賣的錢袋中取出二十個銅板遞給周巧丫。「巧丫，這是妳今天的工錢。」

周巧丫瞪大眼睛，搖手道：「不行不行，妳已經給我哥工錢了，我怎麼還能要錢呢？」

柯采依不由分說的抓住她的手，將錢直接塞進她的手心。「妳哥是妳哥，妳是妳，妳今兒一整天幫我端盤刷碗的，我怎麼能讓妳白幹？」

周巧丫咬著嘴唇，猶豫的看向自己哥哥，柯采依見狀笑道：「看妳哥幹什麼？妳如果不收下，那我以後再也不好意思叫妳去幫我了。」

周大青知道再推辭反倒不美，也笑了一下。「妳就接著吧，以後定要用心幹活，不可以偷懶。」

柯采依又湊到周巧丫的耳邊輕聲道：「妳聽我說，女人手裡一定要自己有點錢，有錢才能不受別人擺佈。」

周巧丫聞言，這才重重點了下頭，輕聲道謝，手心裡的錢攥得緊緊，心裡感到一片熱呼呼的。她要把這些攢起來，以後再買東西就不用問爹討要了。

送走周氏兄妹後，柯采依關起院門，興致勃勃的開始算起帳來。她將錢匣裡的銅錢仔仔細細數了個遍，今天一整天竟然賣出去近八百文，八百文啊！

這還是第一天擺攤，食材準備得不夠的情況下，紅薯本來也不值幾個錢，一碗酸辣粉的成本更是遠低於冷吃兔，這樁買賣果然有賺頭。

柯采依看著堆成小山似的銅錢，樂不可支，覺得自己離致富的夢又近了一步。她想著等再攢上一些就去換成銀子，收起來更方便。

擺攤賣酸辣粉自然不能再像以前賣冷吃兔那般三天打魚兩天曬網了，畢竟攤位每天都是花了租金的。第二日再去擺攤時，柯采依根據前日的情況，多準備了一些粉條和澆頭。

這次不用大聲吆喝，她的攤位才剛剛準備妥當，就有食客三三兩兩上門了，其中既有昨天遺憾沒吃到所以早早趕來的，也有難忘酸辣粉那味道來回味的。

等正式到了飯點，客人更是絡繹不絕，柯采依飛快的在鍋灶前忙碌著，周巧丫應接不暇，連柯采蓮也不得不上場為客人端碗了。

別看她年紀小小，端著粉碗走得穩穩當當，嘴巴也甜。每次為客人端上一碗酸辣粉，還照著姊姊教的話，奶聲奶氣的說道：「客官，請慢用。」

圓圓的眼睛，肉乎乎的臉蛋，腦袋上紮著兩個小髻，一副乖巧的模樣惹得客人十分憐惜。

連著賣了幾日酸辣粉，柯采依這個「柯記酸辣粉」小食檔在東市街上漸漸有了點名氣，酸爽過癮的酸辣粉成了這條街上獨一份的景色，不少人聞名而來，還有一些城裡人直接端著家裡的碗來買。

柯采依一邊賣著酸辣粉，一邊順勢推銷了一把乾粉，她教了食客買回家怎麼泡、怎麼煮，倒是也賣出去不少。

柯采依這酸辣粉食檔的買賣越來越火熱，自然在綿山村也傳了開來。

村民們時不時看見周大青挑著紅薯去磨漿，柯家的小院子裡也時常曬著一排排的紅薯粉條。村民們好奇歸好奇，倒也不是那沒臉沒皮的，知道這是別人家的手藝，不好去探聽，更何況柯采依也沒有藏著掖著。她早就給里正和幾位族老送上了精心製作的紅薯粉條，連相熟的牛大娘家和張廣家裡也送上了一些，一副大方的模樣，倒是叫人家挑不出毛病來。

其實柯采依的想法很簡單，在這個人情社會，不怕一萬就怕萬一，現在和里正他們打好關係，以後有事要辦才好說話。

這日，天有點陰沈，時不時飄灑點雨滴，柯采依便沒有做粉條。

灶膛裡燃著大火，兩口鍋裡都在咕嘟咕嘟冒著熱氣，肉類的濃香從廚房飄了出去。她趁著鍋裡還在燉著，走到院子的菜地裡隨意掐了一把綠油油的蘿蔔嫩苗，剛剛冒出頭的嫩芽口感鮮嫩，最是好吃。

等到其他菜都做好了，最後再拍點蒜，下鍋快速翻炒一下，清爽的炒蘿蔔苗就好了。

「來了，上菜了。」

柯采依下廚一向動作快，她端著一道道菜上了桌，板栗燒雞、香辣蹄花、大蒜炒臘肉和清炒蘿蔔苗擺了一桌子。

「還有……還有最後一道湯。」周巧丫端著一大盆蓮藕排骨湯急急的放上桌，一放下就摸了摸耳朵，實在燙得不行。

周大青探頭望著滿桌子的菜，吞了下口水，驚嘆道：「這麼多菜，妳也忒客氣了，我們幾個人隨便吃點不就好了？」

柯采依招呼大家一起坐下，笑嘻嘻道：「生活就是需要點儀式感，這是為了慶祝咱們酸辣粉的生意取得了個開門紅，必須吃點好的，怎麼能馬虎了事。再說，吃不完的話待會兒就打包回去給你爹嘗嘗。」

「他啊今兒沒準兒又上哪家喝酒去了，都找不到人。」周大青一臉無奈，撓了撓太陽穴，小聲道：「妳給我們付工錢，到頭來還要妳請吃飯，我都不好意思了，應該我們請妳才對。」

柯采依偏了偏頭，不在意道：「我就喜歡下廚做菜，你不讓我做菜我還難受得緊呢。」

接著又說：「這是我前幾日做的米酒，釀到現在剛剛好，這酒不醉人的，有宴哪能沒有酒呢。」

柯采依執著酒壺為周大青和周巧丫一人倒了一杯，見柯均書和柯采蓮也舉著杯子一臉期待的看著她，笑道：「你們小娃娃現在還不能喝，喝水吧。」雙生子聞言嘟嘴放下杯子。

柯采依舉起杯子，和周氏兄妹碰了碰杯，笑著說：「希望我們以後生意越來越紅火，乾杯。」

她一口飲下甘甜的米酒，便招呼大家開吃。

香辣蹄花煨了一個多時辰，豬蹄輕輕咬一口整塊皮都能脫下來，裡頭的豬蹄筋更是燉得軟爛無比，燉出來的那層膠質還微微有點黏嘴，又帶著一絲絲的辣味，一點兒都不油膩。

這會兒正是板栗成熟的時節，一個個新鮮飽滿的板栗和童子雞一起煨，板栗吸收了肉汁，甘甜也滲入到雞肉當中，無須放太多調味品，自然甜味就讓人回味無窮。

「采依，我真是對妳的手藝佩服得五體投地。」周巧丫啃著蹄花，有點口齒不清的道：「這感覺好像是過年了，不對，我過年都沒吃過這麼豐富的菜。」

柯采依給兩人一人盛了碗蓮藕排骨湯，叮囑他們慢點喝，接著笑了笑，道：「過年要是妳來我家，還有更豐盛的呢。」

周巧丫一聽笑瞇了眼。

幾個人埋頭苦吃了一會兒，填飽肚子後，吃飯的速度也慢了下來。

柯采依趁著這個機會開口道：「其實，我覺得現在咱們這個酸辣粉食檔還缺了點什麼。」

周氏兄妹聞言一怔，不解的問道：「現在生意這麼好，每天來的客人忙都快忙不過來了，還缺點什麼？」

她抿嘴一笑。「周大哥，我想問你，你吃一碗酸辣粉吃得飽嗎？」

「其實一碗粉是有點不夠，我每次都要再啃兩口餅子。」周大青有點赧顏，接著似乎明白了。「妳是想在食檔再賣點東西？」

「就是這個意思。」柯采依一說到吃食眼睛就亮亮的，笑著說。「這兩天我觀察了一下，來咱們食檔的大部分都是男人，他們的食量比較大，常常吃一碗粉還不夠，所以我想在咱們這個攤子上再賣一點主食是不是比較好。」

周巧丫立刻問道：「什麼主食？饅頭大餅嗎？」

柯采依搖搖頭道：「當然不是，我們要賣自然要賣一些不一樣的。其實我心裡已經有了幾個點子，還在考慮中，就想先問問你們的看法。」

周大青點了點頭。「我覺得可行。城裡那些做工的人吃飽才有力氣幹活，如果我們有一些能飽腹的食物的話，想必會吸引更多的食客。」

周巧丫挾起一塊臘肉，笑咪咪打趣道：「妳是老闆，當然妳說了算。」

「不過，」周大青放下筷子，皺眉道：「眼下更重要的問題是，我們的番薯快要用完了，看來需要再收一些才是，要不然做不了多少了。」

柯采依撐著下巴點了點頭，這倒是個問題。

沒想到隔了兩日就有人上門送紅薯來了，一個中年男人穿著單薄的短衫，背上滿滿的布袋似乎快要把他的腰壓彎了，身後還跟著一個瘦弱的婦人。

那男人站在院子門口，微微躬著背，對著柯采依拘謹的說道：「我是住在周大青隔壁的，姓武，聽大青子說妳這裡在收番薯？」

柯采依點了點頭，看著他們的樣子，又招呼他們道：「武大叔、嬸子，進來再說吧。」

他們這才走進了她家院子，武大叔解開布袋，將番薯倒了幾個出來給她瞧了瞧。「妳看看俺這番薯咋樣，能不能收？這都是今年剛挖出來的，新鮮得很。」

柯采依蹲下身子翻了翻，這些紅薯個頭都不是很大，甚至有點乾癟，顏色也不算很鮮豔。其實紅薯雖然很容易養活，再貧瘠的地也種得出來，但是沒有充足養分的補給，也種不出來品相好的紅薯。

武大叔見她不太滿意的樣子，好像特別怕她不收，壓低聲音說道：「這些番薯本來都是要留著過冬吃的，但是沒辦法，家裡的小孩生了重病，日日要吃藥，真的急等著用錢。聽說妳這裡收，就想著能賣點算一點吧。」

一說到這裡，旁邊的女人頓時眼中含淚，眼神裡充滿哀痛，哽著聲音道：「小姑娘，求求妳收下吧，價錢低一些都沒關係。我知道我家番薯可能不算好，但是我們真的是沒辦法了。」畢竟除了她估計也沒什麼人會去收番薯了，大多數人種來都是自家吃的。

看著武大嬸哀痛的神情，柯采依心裡也不好受。人有什麼別有病，沒什麼別沒錢！有病又沒錢的時候最淒慘。

「嬸子不必如此。」她將地上的紅薯裝進袋子裡，對武氏夫婦道：「這些番薯我都要了，你家就只有這些了嗎？」

武大叔聞言急著說道：「還有還有的，妳要的話我現在就回家給妳拿來。」

「那好，有多少我都收了，你拿過來，我給你一起算錢。」

武大嬸當場紅了眼眶，夫妻倆對她千恩萬謝，急忙趕回家拿紅薯。

周巧丫得知柯采依收下了武大叔的番薯，感慨道：「武大叔一家也是個可憐的，他的小女兒最近病得厲害，每天都要花上不少湯藥錢。家裡就大叔一個能幹活的男丁，日子真是艱難。」

居然是為了女兒的病！柯采依頓時對這對夫妻的印象又好了許多，問道：「妳覺得武大嬸這個人怎麼樣？」

周巧丫不解道：「嬸子手腳勤快，人也特別和善，小時候還常常拿東西給我和哥哥吃。妳問這個做什麼？」

「我想我們的攤子需要再招人了。」柯采依手裡不停的攪拌著粉芡，笑著說。「妳想想看，到時候攤子上要再添新品，我們兩個人哪裡忙得過來，我想再招一個人，專門負責洗碗打掃。」

「所以妳就想到了武大嬸？」

柯采依點了點頭。「旁的要求倒沒什麼，最重要的是手腳勤快，人要老實。我看武大嬸挺合適的。」

周巧丫樂道：「太好了，嬸子現在家裡正緊缺錢，肯定會樂意來幹活的。」

周巧丫做完粉條就馬不停蹄的去問了武大嬸，她毫不猶疑的當即答應下來，並趕去了柯采依家，握著柯采依的手，雙眼含淚就要跪下。

柯采依忙扶住她，受寵若驚道：「嬸子使不得。」

接著告知她在食檔要做的事情和工錢待遇，武大嬸連連點頭，一點意見也沒有。

家裡已經快要揭不開鍋了，現在只要能讓她掙錢，多少都願意。

自從柯采依說要收番薯後，陸陸續續有人你一點我一點的拿過來賣，她還順便收了不少雞蛋。在城裡買的話基本上要一文錢一個，在鄉下收可以兩文錢三個，至於收雞蛋做什麼？

柯采依決定在自己的酸辣粉小食檔再加賣一個雞蛋灌餅，想想以前她每天上班的時候來不及做早飯，都會在街邊的小吃攤買上一個雞蛋灌餅，裡面塗著濃郁的辣醬，夾著培根或者火腿，再來一片脆嫩的生菜，咬一口，感覺人生都圓滿了。

這日柯采依賣完酸辣粉後，將攤子收拾妥當，讓周巧丫在原地守著，自己去了鐵匠鋪找鐵匠師傅訂做一個平底鍋。老鐵匠不愧是經驗豐富，一聽就明白她的想法。打鐵師傅身兼多藝，還會砌灶臺，在城外挖了一堆濕泥土，很快就在她的灶臺旁邊又砌了一個，架上平底鍋等乾燥就可以用了。

隔了兩日，食客們來到「柯記酸辣粉」時就發現這個攤子有了變化，一邊兩口大鍋冒著滾滾熱氣，一邊又架起了個方形的平底鍋。

食客瞧了半天，忍不住問道：「小老闆，這個新鍋是要做什麼？」

此時柯采依手裡正在案板上賣力揉著麵團，她將揉好的麵團放在一旁醒麵，接著笑嘻嘻回道：「這是本食檔最新推出的新品——雞蛋灌餅。」

食客面面相覷道：「雞蛋灌餅？從未聽過這種餅。」

「所以才叫新品啊，客官要是酸辣粉吃不夠的話，不妨來一個外酥裡嫩的雞蛋灌餅，保證能填飽肚子。」

「聽著有趣，多少錢一個啊？」

「五文錢一個，如果買酸辣粉加雞蛋灌餅套餐的話，只要十文。」

分開單買要十一文，合著買還能省下一文錢，對於有錢人來說不算什麼，但是對於普通人來說省下一文兩文確實有很大的吸引力，於是不少食客紛紛喊著要來一套。

「好嘞，客官請先去坐著，稍等一會兒。」

柯采依將油燒至七分熱，慢慢倒入碗裡的麵粉中，攪拌均勻就成了油酥。

醒好的麵團分成一個個大小均勻的小塊，按壓成牛舌狀的長條薄餅，刷上一層油酥再對摺，按壓成麵餅。

緊接著在鍋裡刷上一層油，將擀好的麵餅攤上去，不一會兒麵餅中間就鼓起一層白白的泡，這時用筷子輕輕挑破一個小口，將混著蔥花的蛋液灌進去。待到兩面煎至金黃後，刷上一層她用大豆醬為底醬，再加了辣椒、肉末炒出來的秘製醬料。

她提前準備了一大盆清炒馬鈴薯絲和生菜，麵餅裡夾上一片生菜和一把脆生生的馬鈴薯絲進去，輕輕一捲，用油紙一包，一個蛋香四溢的雞蛋灌餅就可以享用了。

果然不出柯采依的預料，雞蛋灌餅一經推出後，食客們幾乎是人手一個，甚至還有不少客人來不及吃酸辣粉，直接拿著厚實的雞蛋灌餅邊走邊吃。

周巧丫看著食客們大快朵頤的樣子，捏了捏抹布笑道：「采依，我感覺這兩天的客人好像越來越多了。」

在她們身後坐著刷碗的武大孃也抬起頭樂道：「可不是嘛，看見角落裡坐著的那幾個人嗎？都是在碼頭那邊搬貨的夥計，也都跑這裡來吃了，因為咱們姑娘的手藝太好了。」

武大嬸對這份工作滿意得很，只需要端個碗刷個盤子，不僅有工錢拿，還包一頓午飯，吃得比家裡都好。以前女兒的病幾乎掏空了家裡，現在她每日的工錢足夠給女兒買藥，還有剩餘可以貼補家用，想到這裡她做起事越發賣力。

柯采依看著也倍感欣慰。

「這什麼東西啊？呸！」

這時一個食客突然把筷子往桌上一扔，朝地上吐了一口唾沫，怒氣沖沖的嚷道：「妳們的酸辣粉裡竟然有偷油婆，這麼髒能吃嗎？」

那男人嗓門很大，這一嚷起來頓時吸引了所有人的注意，站在他身後本來正在收拾桌子的周巧丫立刻靠了過去，彎下腰道：「客官，有什麼不對嗎？」

男人撿起筷子用力敲了敲碗邊，斜著眼睛看她。「妳看看妳看看，這黑黑的是不是偷油婆，粉湯裡有蟲子，妳們就拿這種東西招待客人？」

周圍的食客一聽，一下子騷動起來，猶疑的放下了手中的筷子。

周巧丫端起碗一瞧，果然看見一隻烏黑油亮的偷油婆漂浮在湯裡，翅膀鋥亮的反光。這種狀況她還是頭一次遇見，不知所措的抬頭看向柯采依。

柯采依放下手中的麵餅，快步走了過去，就著周巧丫的手探頭一看，原來是蟑螂。

不應該啊，她用來煮粉條的湯頭是每日現熬的，所有的食材都是由她親自把控，就是為了保證食物的新鮮乾淨。不過做吃食買賣遇到這種情況也並不算少見，看著周圍食客懷疑的眼神，為了不讓事情鬧大，她只好耐著性子，賠笑道：「客官，我給你再換一碗，今日這頓不收你的錢。」

「喊。」那男人翻了翻眼皮，陰沈著臉色道：「換個屁，妳那湯裡都煮過蟲子了，誰還入得了口啊？」

他話音未落，和他同桌的一個大爺突然捂著肚子「哎喲哎喲」叫喚起來，眉頭緊皺一副很痛苦的樣子。

「你看，這肯定是吃妳們的東西吃壞了，開始鬧肚子了。」那男人立刻站起來，對著周圍提高嗓音道：「各位兄弟快別吃了，這酸辣粉有問題啊！」

柯采依的心也提了起來，急忙對那叫喚的大爺問道：「客官，你怎麼了？哪裡不舒服？」

大爺的手緊握成拳頭，伏在桌子上，眉頭緊皺的喊道：「茅廁……茅廁在哪裡？」

一旁的周巧丫急忙給他指了個方向，他捂著肚子立刻奔了過去。

為什麼是那男人吃到了蟲子，卻是他旁邊的食客拉肚子呢？

柯采依心裡起了幾分警覺，眼前這個男人看上去來勢洶洶，但幾乎不敢正視她的眼睛。她再次端起那碗有問題的粉碗，仔細瞅了一會兒，根據她以前多年在外面吃飯碰到的雷，如果是在她的湯鍋裡浸泡過的話，這隻偷油婆絕對不是現在這個樣子。看牠四肢俱全的樣子，好像是剛剛扔進去的。

難道這個男人是來訛詐的？

「真是世風日下，無奸不商啊！」那男人還在對著周圍的食客高聲喊話，那嗓門似乎恨不得整條街上的人都聽見。「竟然拿這種骯髒的東西給我們吃，要不是今天我發現了，大家豈不是還被蒙在鼓裡？」

周巧丫臉色難看極了，著急的扯了扯柯采依的袖子，低聲說道：「采依，現在咱們怎麼辦？」

柯采依安撫的拍了拍她，對著他憋出了個笑臉道：「這位客官請放心，如果是我們的責任，我們一定會負責。待會兒等那位客人回來，咱們就去找大夫瞧瞧，讓他看看這湯裡到底有什麼，還有是為什麼鬧肚子。」

那男人冷聲一笑。「哼，妳以為這樣就可以逃避責任？我還要告到官府主事那裡去，不給妳點顏色瞧瞧，不知道自己錯在哪裡。」

「你要告誰？」

第十一章

那男人正說得慷慨激昂的時候，一個沈穩的男聲從身後傳了過來。

柯采依偏頭一看，陳晏之從馬車上緩緩走了下來，他披著一件藍灰色的毛領披風，高䠷的個子在周圍一眾人群中間顯得分外惹眼。

柯采依怔了一下，自從上次送她回家後，已經有一段時間沒有見過他了。

陳晏之三兩步走到柯采依跟前，低下頭微微一笑道：「柯姑娘，好久不見。」

眼下這種情況著實有點尷尬，柯采依柔聲道：「陳公子，你怎麼會來？」

「來給妳的新食檔捧場啊，沒想到剛來就碰到一件好玩的事。」陳晏之偏頭看向那男人，笑得意味不明。

那男人看著陳晏之一身富貴的打扮，搞不清他的來頭，心裡不禁覺得有點膽怯，嚥了嚥口水，對著他梗著脖子道：「你是誰啊？與你有何干係？」

「我只是看不得有人顛倒黑白。」陳晏之一出現，原本有點嘈雜的食檔頓時安靜下來，周圍的食客都豎起耳朵聽著。

陳晏之信步走到桌前，端起那碗有蟲子的酸辣粉碗，似乎有點嫌棄的皺了皺眉。

「我不明白，明明是你的碗裡有蟲，可是為什麼你的這一碗都吃得只剩湯了，你還好端端的站在這裡，一點事也沒有。可那位客人的碗裡並沒有蟲子，還剩一大半，卻鬧起肚子來？」

「這……這我怎麼知道，可能是我身體強健。」那男人眼珠亂轉，有點生硬的回道：「你到底是誰啊？哦，我知道了，你和這個女的是一夥的，想合夥來坑我們這些食客，這就是家黑店啊！」

他手舞足蹈的對著周圍食客大喊大叫。「黑店當道，天底下還有沒有王法了？」

柯采依氣極，如果碰到上來打架鬧事的，她大可以直接打回去，可是這回情況卻不相同。畢竟她是開門做買賣，最講究的就是聲譽，再被他這麼鬧下去，一旦傳播開來，對她的生意勢必造成無可挽回的影響。

而且她也不想將陳晏之捲入進來，忍著怒氣道：「陳公子，這不關你的事，就讓他告去，是對是錯，我一個人承擔。」

陳晏之給了她一個安慰的笑容，低聲道：「放心，有我在。」

他轉過身對著那男人冷聲道：「我也不拐彎抹角了，你說她的酸辣粉不乾淨，我倒懷疑是你自己故意放的。」

「胡說八道，你有什麼依據？」

「什麼依據？你敢不敢讓我搜身？」

那男人緊張的後退一步。「憑什麼搜我的身，你有什麼資格搜我的身？」

陳晏之冷眼看向他。「有沒有資格你不需要知道。」他朝身後的阿福點了點頭示意，阿福立刻走上前去直接將男人的雙手反剪在身後，接著在他的懷裡和腰帶搜了搜。

那男人不停掙扎，奈何動彈不得。

柯采依被這一系列操作看呆了，可是看著陳晏之胸有成竹的模樣，又開不了口，只得腹誹道這樣不違法嗎？

「公子，您看。」阿福突然從腰帶裡搜出來個東西，遞給陳晏之。

柯采依走上前去，眉頭緊皺。「這是什麼？」

陳晏之伸手接過，原來是個紙包，他在柯采依眼前打開，裡面還有少許白色的粉末。這東西似乎早在他的意料中的。「我想這應該是巴豆之類的藥，他就是將這藥下在客人的酸辣粉裡。」

什麼？竟然在酸辣粉裡下巴豆。

陳晏之這話一出，周圍聽見的食客一片譁然。

「太可惡了，竟然陷害我們。」在一旁的周巧丫憤怒說道。

那男人看到紙包，頓時慌張起來。「那只不過是……是我平日吃的藥罷了，你休要誣陷我。」

陳晏之淡淡說道：「這到底是什麼東西，只需要找個大夫一問便知，你確定還要抵賴？」

那男人額頭冒出一層薄汗，轉頭想溜，可是阿福站在他身邊，一隻手還緊扣著他的胳臂。

這時那個跑茅廁的大爺終於捂著肚子走了回來，柯采依連忙上前攙扶他坐下，關切道：「大爺你好點了沒有？」

大爺慘白著臉色，喘著氣質問道：「拉得我差點直不起腰來了，妳這是給我吃了什麼東西？想害死我啊。」

柯采依還沒開口，陳晏之便接話道：「這位大爺，你認識他嗎？」

大爺看了看他指的方向，搖搖頭。「不認識，剛剛不就是他說酸辣粉裡有蟲子嗎？我不管他是誰，反正妳這老闆要負責到底，半條命都快去了。」

「大爺先不要動怒，這人你還非得認識不可，因為就是他在你的碗裡下藥。」

「什麼？」大爺一拍桌子就想站起來，腿一軟又坐了下去。「是你這小子，為什麼要害我？」

那男人緊張的後退兩步，強撐著罵道：「你少他娘放屁，老子與他根本不相識，為什麼要害他？」

陳晏之漫不經心的繞著他走了兩步。「你不是要害他，而是要將柯記酸辣粉的名聲搞臭。你還算有點聰明，知道來個雙重保障，一邊給自己的碗裡放蟲子，一邊給旁邊客人的碗裡下巴豆。我想想看，你一定是趁著這位大爺不注意或者沒在座位上時，偷偷下的藥吧。」

「對對。」大爺聽到這裡，忙開口。「我點的酸辣粉上來後，又去找小老闆要了幾瓣蒜，我就喜歡就著蒜頭嗦粉，那時離開了桌子一會兒。」

原來是這麼回事。

柯采依本來還以為男人和這大爺兩人是一夥的，沒想到他為了害她，竟然給無辜的食客下藥。她怒氣沖沖，攥緊拳頭，恨不得將那男人暴打一頓，周巧丫在旁趕緊扯住她的手，勸她冷靜。

「你們這一桌在角落裡，剛好沒有人看見你的動作，才讓你得逞。」陳晏之對著周圍的食客高聲道：「各位，柯姑娘的手藝，相信吃過的人都知道，現在這個人只是因為一己私怨，才會利用這麼卑劣的方法想搞臭柯記酸辣粉的名聲。」

周圍食客聞言，紛紛附和道：「我就說嘛，小姑娘的食檔我經常來吃，從沒遇到過這種事情。」

「對對，老闆的鍋灶案檯一看便知，比我家的廚房還乾淨咧。」

一己私怨？柯采依抓住了這個重點，皺眉道：「我不認識你啊，到底哪裡得罪了你，要這麼害我？」

那男人此刻已是面如死灰，嘴唇抖了抖，說不出話來。

陳晏之斜睨了他一眼，輕描淡寫道：「要我替你說嗎？錢李錢老闆。」

錢李瞪大雙眼，訝異道：「你……你認識我？」

柯采依仍是一頭霧水。「陳公子，錢李是誰？」

「上次到妳攤子鬧事的吳老二就是受到這位錢老闆的指使，本以為他受了點教訓會安分下來，沒想到竟然賊心不死，還敢來。」

柯采依眉頭一挑，使勁瞪著他，怒道：「原來就是你搞的鬼，為什麼三番兩次害我？」

陳晏之對她道：「還不是因為嫉妒妳的生意好，不過想來也是個怕死的，只敢給別人的碗裡下藥。」

「幹什麼，都聚在這裡幹什麼？」此時，兩個捕快推開人群，擠了進來。

其中一位捕快眼一瞄，看到陳晏之，立刻上前拱手微微作揖道：「陳公子，你怎麼也在這裡？」

「李捕快，這裡有人當街鬧事，你管不管？」

李捕快一拍佩刀。「誰這麼大膽子？」

陳晏之在他耳邊低聲耳語了一番，李捕快眉頭一挑，嚷道：「竟有這種事。」

接著他走向錢李，拍了拍他的臉道：「就是你小子啊，又是買凶鬧事，現在還敢給人下藥，誣賴無辜百姓，好大的膽子啊，跟我走一趟吧。」

「大人饒命啊！小的知錯了。」

錢李慣是個吃軟怕硬的，見到捕快的那刻腿都軟了。上次找吳老二幫忙，但是在柯采依這裡完全沒撈著好處，心有不甘，這回聽說她又開了個酸辣粉食檔，生意一日好過一日，心裡一股氣實在憋不下去，便想著這次親自上陣，沒想到卻落得這個下場。

「跟縣太爺求饒去吧。」李捕快向陳晏之點頭道別，提溜著錢李的脖子大搖大擺的走了。

「哎哎，他走了，誰給我負責啊？」那個被錢李下藥的倒楣蛋眼看錢李被帶走了，生怕自己得不到賠償，連忙跟了上去。

錢李一走，在旁邊看熱鬧的人漸漸散去，柯采依對著周圍的食客鞠躬致歉。「各位客官對不住，今兒個驚擾了大家用餐，待會兒給大家每人贈一碟辣白菜，當作賠罪。」

一眾食客自己又沒損失，看了場熱鬧，現在還有免費的辣白菜，當即樂開了懷。

柯采依更不會想到，因為這場突如其來的鬧劇，她的「柯記酸辣粉」名聲越發大了。

那是後話，此刻她再轉身走向陳晏之，他已經坐了下來，周巧丫很有眼色的把桌子收拾乾淨。

這次的事情能夠妥善的解決全靠陳晏之，柯采依感激的看了一眼，說道：「陳公子謝謝你，要不是你，我還真不知道怎麼辦才好。」

陳晏之擺擺手道：「小事一樁，姑娘不必介懷。」

「不過你怎麼會認識錢李啊，還知道上次的事情就是他做的？」

陳晏之淡淡一笑。「這有何難，上次吳老二無端端跑去找妳的麻煩，我就察覺事情不簡單，所以派人去查了一下。其實上次錢李已經被吳老二教訓了一頓，原以為他會從此消停，我便沒有搭理他。沒想到他竟然還不死心，不過他這次陷害妳是板上釘釘的事情，估計在牢房裡一時半會兒是出不來了，妳大可放心。」

沒想到在她不知道的時候，他竟然特地去查了此事，柯采依心頭忽覺一熱，卻也有幾分好奇。「你為什麼要幫我？」

陳晏之沈聲道：「我們是朋友，不是嗎？」

柯采依聞言咧嘴一笑，這個朋友她是交定了，於是熱切道：「你今天幫了我這麼大的忙，算我欠你一個人情，不如改天我請你去大酒樓吃飯？」

「大酒樓就不必了，妳這個食檔不就挺好的。」陳晏之轉頭環顧了一圈周圍，微微笑道：「我前幾日去了外地，今天剛回來，沒有趕上妳開業，沒想到這麼短的時間，生意就做得這麼好。」

柯采依撓了撓太陽穴。「都是大家捧場，那你想吃什麼？」

陳晏之看了看其他食客大快朵頤的樣子，對她道：「就妳的招牌好了。」

這個容易，柯采依笑著答應下來，走回鍋灶處開始給他做酸辣粉。

一直在旁邊看著他們倆的周巧丫終於忍不住湊上前，悄悄問道：「那位公子是誰啊？」

柯采依偏頭看她八卦的神情，失笑道：「一個朋友。」

周巧丫仍注視著陳晏之的方向，低聲說：「看剛剛那個捕快對他畢恭畢敬的樣子，看來身分不簡單啊。」

柯采依聞言搖了搖頭，她也不清楚陳晏之的身分，不過這種事情也不好開口問。

「來，嘗嘗我做的豪華版加了雙份料的酸辣粉和雞蛋灌餅。」

她還叫周巧丫端了一份給看著馬車的阿福，阿福受寵若驚，在陳晏之的示意下，向柯采依道了聲謝，便埋頭大口吃了起來。

柯采依雙手伏在桌子上，看著陳晏之挾起一筷子粉送入口中，忙問道：「怎麼樣，好不好吃？」

陳晏之細細品味了一番，含笑道：「我終於知道為什麼妳這裡的生意這麼好了。」竟然能想到用紅薯做粉，這個餅的滋味也是鹹香濃郁，真不知道她的腦袋到底裝了多少吃食的點子。

同樣是嗦粉，怎麼他吃起來就這麼優雅呢？酸辣粉的紅湯沾在他的嘴上，紅紅的雙唇顯得分外惹眼，柯采依差點看入迷，反應過來後摸了摸鼻子，尷尬的咳了兩下。

陳晏之看著柯采依的樣子，低頭笑了一下。他吃完倒也沒有久留，很快就告辭了。

時間過得飛快，立冬飄然而至。

一大清早，柯采依推開門，一股冰涼的空氣迎面撲來。

她打開雞籠，小雞迫不及待的竄出來奔向雞食盆。她緊了緊衣領，抬頭看了看天，天邊已經露出了魚肚白。

正所謂「立冬晴，一冬晴」，看這個好天氣，這個冬天應該不會太難熬。對這個時代的人們來說，立冬作為冬天的第一個節氣，備受老百姓看重，「賀冬」的習俗由來已久。到了這一天，百姓們換新衣，交相拜賀，好不熱鬧。

酸辣粉食檔的生意越來越紅火，這天早早賣完所有的食材，柯采依將攤子交給武大嬸看管，自己拉著周巧丫，牽著柯采蓮往市場走去。

走了一會兒，周巧丫對著柯采依疑惑問道：「采依，這不是去菜市場的路啊，咱們不是要去買過立冬的食材嗎？」

柯采依偏頭一笑道：「那個待會兒再去，咱們現在先去一個地方。」

「去哪裡？」

「妳去了就知道。」

她們仨慢悠悠的走過一條街，終於到達目的地。周巧丫看著眼前的地方，莫名其妙道：「咱們來牲畜市場做什麼？」

「當然是買東西啊。」柯采依看著周巧丫一臉疑惑的樣子，解釋道：「現在咱們幾乎每日都需要在綿山村和縣城之間往返，一向都是搭周大爺的牛車，到底不方便。妳想想萬一哪天有事搭不成了怎麼辦，所以我想自己買個可以拉貨運物的，以後就無須再麻煩旁人了。」

周巧丫聞言看了看人來人往的牲畜市場，一跺腳。「哎呀，早知道就找我哥來了，他應該懂點門道。這哪種好哪種不好，我可是完全不懂啊。」

柯采依拍了拍她的肩膀，安慰道：「沒關係，咱們先轉悠轉悠。」

這牲畜市場倒建得挺規範，兩邊是一排排的棚子，棚子裡以牛、騾最多，還能看見幾隻小綿羊，馬是一匹也沒看見。看來這裡的馬果然是個金貴物，尋常市場買不到。

柯采依三個人悠閒的繞著這市場轉了一圈，觀察了一下其他客人都是怎麼挑選的。他們時不時的上前查看牲畜的牙口，摸一摸皮毛，十分講究。

柯采依轉悠夠了，選了一家規模看上去比較大的棚子走上前去。站在門口的老闆見狀，連忙迎了上來。「客官要買什麼？我們這裡牛啊驢啊騾子啊都有的。」

在這個時代買牛買驢這類牲畜，對於普通的農家來說可謂是一件大事，故而基本會來的都是男人，常常要一家之主做決定。所以柯采依和周巧丫兩個小姑娘又牽著個女娃娃，一進來市場就十分惹眼。雖然老闆心裡懷疑她們到底買不買得起，但是開門做生意，進來就是客，他仍端著滿臉笑容接待。

柯采依走進棚裡，指著一頭正埋頭吃草的大水牛問道：「這頭牛多少錢？」

老闆湊了過去，眉開眼笑道：「啊呀姑娘真有眼光，這頭牛膘肥體壯，看看這牙口、這大塊頭，買回去絕對能好好幹活。」

「所以到底需要多少錢？」

老闆比了個手勢。「九兩。」

「九兩！」周巧丫驚呼一聲，拉著柯采依走到一邊竊竊私語。「這也太貴了。」

柯采依小聲回道：「放心，我只是先問問。」她接著轉向老闆，直接開口：「老闆，還有沒有便宜一點的？」

「有有有。」老闆做這一行多年，什麼客人都見過，並沒有因為她們嫌貴就不耐煩，而是指著另一邊道：「這裡有兩頭年幼一點的，只需八兩，不過可能買回去需要再養養。」

跟剛剛那頭牛比起來，這兩頭確實瘦弱了很多，柯采依不是很滿意。這時她突然眼一瞟，看見另一個圍欄裡有一頭大青騾，她走了過去，指著道：「這騾子怎麼賣？」

老闆跟了上去，滿臉堆笑道：「這騾子也不錯，比牛便宜，只要七兩。」

周巧丫又拉了拉柯采依的手，低聲道：「還是牛好，雖然騾子也能耕地，但是到底不如牛耐力好啊。」

柯采依笑了笑。「這個倒無妨，我家現在本來也沒地，最關鍵的是能夠運貨就可以。」

「我能進去看看嗎？」

「當然可以。」

老闆打開圍欄，柯采依輕聲走了進去，湊近那騾子仔細觀察了一下，確實體格健壯，黝黑的毛皮油光鋥亮。見她靠近也只是甩了甩尾巴，一點都不暴躁，繼續大口大口的咀嚼著食料。

柯采依越看越滿意，沈思了一會兒，對老闆道：「老闆，這騾子能不能便宜些？」

老闆皺了皺眉道：「這已經是最便宜了，看看這騾子的體格，年輕力壯的，不能再便宜了。」

柯采依撇了撇嘴。「一點價都不能講了？」

老闆擺了擺手。「小姑娘，我看妳不懂行情，這種個頭的騾子在這個市場，就沒有低於這個價的。」

「那好吧。」柯采依一臉無奈，牽起柯采蓮的手，對著周巧丫道：「那咱們再去別家看看吧。」

柯采依拉著妹妹的手慢慢走出棚子，還沒走兩步，那老闆在身後忙不迭道：「小姑娘如果誠心要的話，算妳六兩銀子好了。」

柯采依心裡暗喜，轉頭伸出五個手指頭，喊道：「五兩銀子，不行就算了。」

老闆一臉為難。「這……這真的買不到啊，這可是青光油亮的大青騾。」

柯采依作勢轉頭要走，邁了沒兩步，老闆連忙喊住她。

「好好好。」老闆快步走到她跟前，壓低聲音道：「五兩就五兩，但是妳可不能對別人說，這個價格只賣給妳。」

柯采依笑著點了點頭，周巧丫看了她一眼，滿眼都是佩服的表情，輕聲道：「妳竟然砍了二兩銀子下來，太厲害了。」

柯采依眉一挑，暗道想想她在原來的世界，什麼樣的砍價技巧沒見過。

老闆一邊引著她們走向棚子，一邊嘀嘀咕咕道：「我這次真是不賺錢賣給妳了，要不是已經入冬，我趕著賣完好回鄉過冬，這個價我是絕對不會賣的。」

柯采依聞言腹誹道，聽你胡扯，剛剛她在轉悠的時候，已經大概瞭解了一下行情，這老闆估計是看她們兩個小丫頭不懂門道，本來就故意開高了價。

買完騾子，自然還需要買配套的板車，所幸在牲畜市場旁邊就有賣板車的。柯采依讓周巧丫看著騾子，自己前去詢問價錢。談妥後，老闆便輕車熟路的拿著板車來給她裝上。

他倒也是個熱心的，服務非常全面，還當場教了教她怎麼趕騾子。

也許是和這頭騾子有緣，柯采依上手趕了一會兒，指哪兒走哪兒，十分乖巧，連個彎都不帶拐的。她跳下騾車，摸了摸騾子的腦袋，牠還親暱的在她手心裡蹭了蹭。

牲畜行的老闆驚訝道：「真是絕了，以前也不是沒有客人來看，這騾子可從來沒這麼好脾氣過。」

連賣板車的也恭維她這騾子買得好，柯采依心裡更加滿意了。

將騾車整頓好後，周巧丫和柯采蓮興奮的坐上騾車，柯采依親自趕著騾子，三個人慢悠悠的趕回酸辣粉攤子。

想想她在原來的世界雖然早早考了駕照，卻遲遲沒有車，如今也算是有車一族了。回到攤子後，武大嬸看見新買的騾子也是十分欣喜，幾個人一起把什物往車上搬，開心的往綿山村趕去。

對於這裡的人來說，不論是牛還是騾子都算重要的勞動力，能為家裡添置這麼一頭重要家畜絕對不是那麼容易，是值得慶賀的大事。故而當柯采依沒有像往常那樣乘坐周大爺的牛車回來，而是自己駕著騾子回來時，很多人第一時間都不敢相信這是她買的。

看著柯采依趕著騾子走近，一些村民們圍了上去，按捺不住好奇心的人直接問道：「采依啊，這騾子是妳買的？」

柯采依並沒有遮遮掩掩，點頭笑道：「是啊，今兒剛買的，以後常常要去城裡，還是有自己的車更方便。」

圍觀的村民一聽，真心為她高興的有之。「這下好了，以後日子更有盼頭了。」甚至還有人上手摸了摸騾子，嘖嘖稱讚道：「看看這大腿這大腚，夠結實，買得好。哪家買的？趕明兒我也去瞧瞧。」

羨慕嫉妒的當然也有之。「看來這柯家真是發了，這才幾天啊就買得起大青騾了，有什麼發財的路子也告訴告訴我們大夥兒，別一個人藏著掖著嘛。」

這酸味真是撲面而來。

還沒等柯采依開口，坐在她身後的武大嬸冷不防開口道：「想發財自個兒想法子掙去啊，人家的錢也不是大風颳來的，那都是起早摸黑的辛苦錢。妳嘴皮子一碰就想知道人家的路子，天底下哪有這麼容易的事。」

武大嬸這段時間跟著柯采依幹活，掙了點錢，底氣足了，說話嗓門都高了許多。她這話一出，原本還想從柯采依這裡套話的人頓時不敢出聲了。

柯采依心裡暗暗為武大嬸點了個讚，對著周圍笑了笑，繼續趕著騾子往前走了，自然也沒有注意到人群中的趙三娘。

趙三娘看著柯采依趕著騾車回來，起初安慰自己這絕對不是她買得起的，得知的確是她買的後，嫉妒得心都要爆炸了。雖然她早知道柯采依在城裡開食檔賣小吃，生意也不錯，但是直到這次看到她買了一頭毛色油亮的大青騾，還有嶄新的板車，才似乎終於知道柯采依的確不是以前的她了。

明明沒多久前，這小丫頭片子還窮得叮噹響，現如今不僅日日吃得起肉了，還買得起騾車了，這是要翻身了！

看到柯采依過得好，趙三娘心裡就不舒坦。再這麼下去，以後豈不是要壓在自己的頭上？不行，她不能再坐以待斃，必須想想法子才行。

「巧丫，妳真的不到我家吃飯了？」

周巧丫拉著柯采依的手，嘟著嘴晃了晃。「我是真的很想留下來吃妳做的菜，可是今天立冬，我爹難得老老實實在家，說好了要全家一起吃飯來著。」

柯采依聞言也不好再挽留。「好吧，那妳快點回家去吧，別讓妳哥擔心。」

送走周巧丫後，柯采依拿了點草料餵騾子，這還是牲畜行老闆免費送了她一捆，吃完以後就要自己去弄了。

今兒是立冬，這裡的習俗要進補，很多人家會選擇做薑母鴨或者燉羊肉，滋補養身，以求安穩度過嚴寒的冬天。柯采依也沒有免俗，她早早在菜市場買好了一整隻新鮮的番鴨，就是為了做薑母鴨。

她手腳俐落的將番鴨拔毛、剁洗乾淨，剁成均勻的塊狀，接著用料酒和細鹽醃製片刻。趁著鴨子醃製的功夫，她將鍋燒熱，加入特地買來的麻油。麻油特有的香氣散發出來後，再放入切成片狀的鮮薑，煸至微乾後盛出備用。

緊接著，將醃好的鴨子下鍋翻炒成金黃色後，將薑片、八角、桂皮、茴香、冰糖，還有熟地、川芎等藥材依次放入。然後倒入不可少的米酒，再加入大骨棒熬出來的高湯，用小火慢慢燉熟。

老鴨滋陰降火，再加點補血活血的藥材，正是這道薑母鴨的妙處。

剛剛出鍋的薑母鴨香味撲鼻，鹹鮮軟爛。柯采依將薑母鴨盛出大半，放入帶蓋的湯碗中，用籃子拎著上了呂老頭家。

柯采依到的時候，柯均書剛剛下堂。

呂老頭見她來，放下書本，微微點了點頭，還是那副倔樣子。柯采依並不在意，拎著薑母鴨去後廚找呂婆子。

「太婆，今兒是立冬，這是我做的薑母鴨，拿來給您二老嘗嘗。」

呂婆子正準備做飯，看著柯采依端出來滿滿一大碗的薑母鴨，忙道：「好香啊，總是吃妳的，老婆子我都不好意思了。」

柯采依笑了笑。「太婆不必客氣，一日為師終身為父。您二老是書哥兒的師父師母，也就等同於我的師父師母了，做點吃的孝敬您是應該的。」

呂婆子樂得眉開眼笑，也不再推辭，從碗櫃裡拿了一個空碗出來，將柯采依帶來的薑母鴨倒入自家的碗裡。

她叨叨著：「要不是妳帶來了這薑母鴨，這立冬我根本都沒準備啥，人老了，做菜都不好吃了。」

「以後您老想吃什麼就跟我說，我給您做。」

「好好。」呂婆子笑著拍了拍她的手。「只要妳不嫌棄我們兩個老東西就好。」

「您說的哪裡話，是我們姊弟託您二老的福才是。」

柯采依送完薑母鴨，就打算帶著柯均書回家。還沒走到門口，呂老頭卻開口喊住了她。

奇怪了，這老頭一向和她沒什麼話說的。

呂老頭背著手走到她面前，咳了兩聲也不言語。

柯采依看著他一頭霧水道：「太爺，您是有什麼話要說嗎？」

他這才幽幽開口道：「這書哥兒我也教了一段時日了，確實有悟性，人也勤奮刻苦。」

「真的？」柯采依喜不自勝，摸了摸書哥兒的腦袋道：「我就說我弟弟是讀書的好苗子。」

柯均書也聽懂了夫子在誇他，小嘴咧著，有點害羞的低下了頭。

呂老頭看她樂開花的樣子，忍不住潑冷水道：「不過也別得意忘形，這才是寒窗苦讀的開始而已。」

柯采依正為弟弟被誇開心著呢，不在意道：「我明白的。」

看著柯采依一副樂呵呵的模樣，呂老頭就發愁，以為她什麼都不懂吧，可是說起話來又井井有條，頗知進退；可要說她懂吧，又有點不知天高地厚的樣子。

看了看乖巧的柯均書，呂老頭頓覺還是得靠自己這個夫子多提點提點，肩上的擔子又沈了些。他對柯采依又道：「書哥兒這資質以後勢必得送去城裡讀書，我和悠然學院的院長有點交情，如果妳將來考慮這個書院的話，我可以給妳寫封推薦信。」

柯采依聞言大喜過望，城裡的書院不是那麼好進的，尤其是她家這種幾代在地裡扒食的農民，沒有關係的話可能連門都進不去，如果有呂老頭的舉薦，想必事情會容易得多。

她感激道：「如果能這樣那就太好了，謝謝太爺，有您的相助，書哥兒前程有望了。」

呂老頭道：「我只是略盡綿力，關鍵還是要靠他自己。」

柯均書也知道夫子是在為他打算，雙手作揖給他鞠了個躬。「多謝夫子。」

呂老頭點點頭，面無表情的轉身就回屋了，柯采依暗道這老頭真是彆扭得可愛。

兩人回到家後，書哥兒一眼就看到院子裡正在啃草料的騾子，立馬奔了過去，離牠前面還有幾步處停了下來，驚喜喊道：「騾子。」

他回頭問柯采依。「姊姊，這是咱家買的騾子？」

柯采依笑答：「是呀，以後咱家也是有騾車的人了，再不用花錢坐別人的牛車，有了這騾車，想去城裡就去城裡。」

柯均書一臉歡喜，他很想上前摸摸，但是看著騾子高大的模樣，又有點膽怯。柯采依便拉著他的手，輕輕摸了上去，他摸著騾子的頸部，緊張得呼吸都不自覺慢了下來。騾子的毛順滑透亮，柯均書摸了幾下，轉頭對柯采依開心道：「姊，牠不怕我！」這頭騾子只是抬頭瞧了眼小主人，鼻子噴了兩下氣，耳朵抖了抖，絲毫不在意的又低頭啃草料去了。

柯均書顯然對這這騾子很有興趣，又問：「姊姊，牠有名字嗎？」

柯采依搖了搖頭。「還沒有呢，書哥兒取一個吧，以後牠也是我們家的一員了。」

柯均書圍著騾子轉了一圈，思索了一會兒道：「叫圓寶好不好？」

柯采依疑惑道：「元寶？金元寶的元寶嗎？」

「是圓圈的圓，我昨天剛學會了這個字。」柯均書指了指騾子的頭道：「妳看牠的頭上有一個白色的圓圈，還有以後牠肯定要幹很多活兒，是我們家的寶貝，所以我想叫牠圓寶。」

「好，依你，就叫圓寶。」這小子才上了幾天學啊，都會諧音哏了。

剛剛獲得名字的圓寶聞言踢了踢後腳，似乎也很滿意的樣子。

「姊姊，吃飯了，我好餓啊。」一直在家等姊姊回來的柯采蓮探出半個身子，扒著門框朝他們喊道。

「來了。」

桌上擺著剩下的一大半薑母鴨，因為放在小爐子上溫著，湯裡還咕咕冒著泡，一邊吃著鴨子，一邊還能添點時蔬燙著吃。

柯采依還炒了道豆豉回鍋肉，肥瘦相間的五花肉先煮熟切片，再煎至出油，加點噴香的豆豉和青椒翻炒，肥而不膩，入口濃香。

三個人敞開了吃，美美的過了個立冬。

第十二章

且說趙三娘那邊看著柯采依買了騾車在村裡大出風頭，一肚子氣的走回家。看著家裡兩個女兒，大的見她回來也不出來迎一下，小的畏畏縮縮不成氣候，頓時更加火冒三丈，罵罵咧咧的指使她們快去幹活。

做好了菜上了飯桌，柯義業坐下來端起飯碗，扒了口飯，挾起一大筷子豇豆炒肉絲。這是桌上唯一一道帶葷腥的菜，他有點不滿的責怪趙三娘。「今兒立冬，也不做點好菜。」

趙三娘陰著一張臉道：「好菜？哪來的錢，咱家又不像你大姪女能天天吃香喝辣的。」

柯義業皺眉道：「好端端的提她幹什麼？」

「你知不知道她今天怎麼回來的？」

柯義業挑了點肉絲放進兒子碗裡，並不理會旁邊兩個女兒，漫不經心道：「還能怎麼回，她不是一向坐老周頭的牛車來回的？」

「她今兒是駕著騾車回來的，是她自己新買的騾車。」趙三娘說到這裡放下筷子，氣得飯都吃不下。

柯義業這才抬起眼睛看她，似乎也有點意外。「她買了騾車？」

趙三娘酸溜溜道：「一頭膘肥體壯的大青騾，還有嶄新的板車，在村口好不風光。真沒想到，你這好姪女還有這本事，看來以前哭窮是矇我們呢。」

柯義業有點食不知味，當年分家時他拿走了家裡唯一一頭牛，二哥沒有跟他鬧，後來二哥家要耕田還要去租別人家的牛。其實他心裡是有點愧疚的，可愧疚歸愧疚，他並沒有為二哥家做過什麼。尤其是二哥走了以後，他便認為與他們家不會再有什麼來往了，沒想到如今靠著柯采依這個小丫頭，她家似乎要翻身了，不僅小吃生意做起來了，連騾車都買得起了。

柯義業慢慢嚥下口裡的飯，沈聲道：「現在咱們已經分家了，她再怎麼發財也和我們無關。」

「怎麼無關，再怎麼說她還不得叫您一聲三叔？」一直聽著爹娘說話的柯如蘭插了一嘴，聽到柯采依那丫頭日子越過越好，她心裡也不舒坦。上梁宴那事她到現在也沒忘，因為被李仁當眾拒絕讓她一度難堪得很久不敢出門，這一切與柯采依脫不了干係。

趙三娘點了點頭。「如蘭說得沒錯，分家了又如何，她還是柯家人，說到底我們是她現在唯一的親人，這關係是沒法擺脫的。」

柯義業不以為然。「那妳想怎麼樣？難道她會給錢孝敬妳這個沒管過她的三嬸，別作白日夢了。上回她當著我的面都沒有給妳一點好臉色，妳還能指望從她手裡得到什麼？這丫頭我是看明白了，一點也不像她死去的爹娘，脾氣硬得很。」

趙三娘自然沒忘記之前幾次被她嗆回來的樣子，心裡越發堵得慌。「可是再這麼下去，這丫頭遲早得壓到我們家頭上，我不能乾坐著。」

「娘您想怎麼做？」柯如蘭一臉好奇。

柯如桃則一聲不吭，埋頭默默吃飯。

柯義業對著自己婆娘不滿道：「妳最好別惹出什麼事來，再怎麼樣他們姊弟仨也是我柯家的根，我不能做對不起柯家列祖列宗的事。」

趙三娘翻了個白眼，嘟囔著：「你想哪兒去了，難道我還能殺人放火不成？」

柯義業又對著大女兒道：「還有妳，上回和李仁那事已經讓我在村裡丟盡了老臉，我不指望妳能像柯采依那樣掙錢養家，但是絕對不要再給我惹出麻煩來，不然要妳好看。」

「爹，您又提那事幹什麼。」柯如蘭氣惱道，她把碗筷一丟。「我不吃了。」

柯義業瞪了她一眼。「不吃也好，省點口糧。兒子你多吃點。」

「胡大爺，您的酸辣粉來了，多辣多芫荽雙份肥腸是不是？」柯采依將堆得滿滿當當的酸辣粉放到胡大爺面前。

「對對，我這一天不吃，這胃就想得慌啊。」胡大爺聞著撲鼻的酸辣味，一臉滿足道：「老闆，要不是我兒子已經娶妻，都想讓他去妳家提親了。誰娶了妳可真是好福氣啊。」

「老胡，你別作夢了，柯老闆這麼能幹，估計求親的人快踏破門檻了吧。」一旁的食客打趣道。

柯采依只是笑著搖了搖頭。「承蒙大家看得起，不需要娶我回家，到我攤子來一樣能吃到。」

「就是這裡了，這家的酸辣粉還有雞蛋灌餅，那味道真叫絕了，別處沒得吃。」

柯采依正和幾個食客嘮嗑，就見三個穿著書生裝的年輕男子走了過來。

客人上門了，那邊周巧丫還在忙著收拾另一桌，柯采依便親自過去招呼他們。「幾位公子想吃點什麼？」

「咦？柯姑娘。」

柯采依聽到這個有點耳熟的聲音，抬頭一看，這不是李仁嗎？

上次見他還是在上梁宴上，如今他穿著一身鴨蛋青的書院衣裳，乍一看沒有認出來。她笑了笑。「李仁公子，好久不見了。」

李仁也沒想到在這裡碰到柯采依，今兒正好書院休息，同窗拉著他一定要來嘗嘗最近新開的酸辣粉，沒想到老闆竟是她。

他摸了摸腦袋，靦覥道：「最近一直在書院，沒有回家，都不知道柯姑娘在這裡開食檔了。」

旁邊一個微胖的男子撞了撞李仁的胳臂，一臉促狹道：「原來你和酸辣粉老闆是同鄉啊，我要知道早把你拉來了。」

他又對柯采依笑道：「老闆，妳做的酸辣粉味道太好了，我來過好幾次了，這不又給妳拉客人來了。」

柯采依笑道：「多謝客官捧場，既然你們都是李仁公子的朋友，隨便點，今兒我給你們打個優惠。」

她一邊麻利的燙粉揉麵，一邊聽著這幾個書生高談闊論，沒有滿嘴的之乎者也，笑聲爽朗，倒也是青春少年的模樣。李仁在村子裡面對村民時好像頗為靦覥，沒承想和他的同窗們在一起時，倒是侃侃而談了。

柯采依將做好的酸辣粉一端上桌，胖子楊琥不停的皺動著鼻子聞著味，一臉陶醉。「終於來了，就是這個味道。」

另一個瘦弱的書生則拿起雞蛋灌餅，狠狠咬了一口，滿足道：「我反倒更喜歡這雞蛋灌餅，每次都能吃兩個。」

胖子痛快的嗦了一筷子粉，抬頭見李仁沒動筷，口齒不清的對著他道：「你怎麼不吃？快嘗嘗，包你吃完停不下來。」

李仁看著楊琥狼吞虎嚥的模樣，無奈的笑著搖了搖頭。他自然知道柯采依的廚藝，冷吃兔可是令他念念不忘，只是不知道她一個綿山村裡的小農女，腦袋裡怎麼會有這麼多吃食點子，著實不可思議。

楊琥埋頭嗦粉，沒一會兒大半碗就進了肚子。他這才稍稍感到滿足，放緩了進食的速度，遠遠朝柯采依比了個大拇指，高喊道：「老闆，妳這手藝應該去參加品味會啊！」

「什麼會？」柯采依沒有聽清，擦了擦手，走到他們那桌。

楊琥瞪大雙眼，不敢置信道：「老闆妳在這兒開著食檔，竟然還不知道嗎？縣衙告示都貼出來了。」

李仁插嘴道：「柯姑娘來這裡才多少時日啊，不知道也不足為奇。」

「好吧，那我來跟妳說道說道。」楊琥端坐著，一本正經道：「咱們縣太爺喜歡美食，平日裡就好嘴上這一口，自從他到咱們木塘縣當官以來，每年到了年底就會舉辦一次品味大會。說白了就是廚藝大賽，只要妳廚藝夠好，能在大賽上拔得頭籌，還有銀錢獎賞呢。」

楊琥一說到吃的就滔滔不絕。「今年已經是品味會的第六個年頭了，去年那次我剛好去圍觀了，得頭名的是泉喜樓的當家大廚，光賞銀就有五十兩。他的那道佛手觀音蓮，雖然咱們是沒口福，但是看那刀工就知道是絕頂的美味啊。」

柯采依聞言比出了五個手指頭，驚呼道：「五十兩！」

李仁不急不緩的說道：「如果願意的話，還有機會去給縣太爺做菜呢。」

「可是據我所知，泉喜樓是木塘縣鼎鼎有名的酒樓，如果都是這種級別的大廚參賽，旁人哪裡還有什麼機會呢？」不僅是廚藝的高低，更有身分上的差距，有這些名廚在前，縣太爺眼裡還能看到他們這些小食檔的廚子嗎？

「妳不必擔心。」楊琥嚥下最後一口粉，長吁了口氣，說道：「這個比賽沒有身分的限制，不論是大酒樓還是街邊小食檔都可以參賽，但是能走到哪一步就端看各人本事了。」

「采依，這是個好機會啊，妳廚藝這麼好，不妨去試試。」不知道什麼時候站在她身旁的周巧丫興奮說道。

柯采依沈思了一會兒，這的確是難得的機會，一則如果她能贏得比賽，就有五十兩銀子的進帳，那麼就能早日開一家屬於自己的鋪面，不用在這擺攤風吹日曬的。二則她自從來到這個世界，一直就在這方圓幾里地打轉，根本沒有管道去瞭解這個世界的廚藝水準。這次比賽就算沒能走到最後，也可以見識見識這個時代的廚藝到底發展到什麼地步。三則這個品味會還是個絕佳的免費廣告，那些大酒樓難道會差這幾十兩銀子嗎？想必也是要借這個比賽為自己酒樓打響名氣罷了。

想通了這幾點，柯采依心潮澎湃，收攤後拉著周巧丫興沖沖趕去了縣衙門口，果然見縣衙外邊的告示欄上貼著一張大紅告示。

周巧丫大字不識一個，撓著太陽穴一頭霧水，轉頭見柯采依一臉認真的盯著告示，訝異道：「采依妳還識字呢？」

柯采依尷尬的打了個哈哈。「我不是把書哥兒送去呂太爺那兒讀書去了嘛，他回來後也教我認了些字。這告示上也沒幾個字，我大概能看懂。」

周巧丫不疑有他，忙道：「那快告訴我，上面寫了什麼，是不是那個品味會？」

「上面寫著一年一度的品味會將在五天後正式舉辦，有意參賽者要在三日內報名，逾期不候。」柯采依給周巧丫轉述了一遍，瞟了眼告示最下面的日期，心裡算了算，拍手叫道：「哎呀，這告示已經在這兒貼了兩天了，今天是報名的最後一天。」

「快快快，晚了人家就放衙了。」

兩人又急匆匆去找縣衙報名處，她倆趕到時，前面還有幾個人排隊等著報名。等其他人報完名，柯采依走上前去才發現，負責登記的居然是上次給她租攤位的那位主事，這縣衙公務員真是能者多勞。

「又是妳啊小姑娘，妳也是來報名品味會的？」那主事也記得柯采依，畢竟以往到他那兒要求租攤位的大都是夫妻或者大老爺們，他還是頭一次碰見一個十幾歲的小姑娘要開食檔的，想忘記也難。

柯采依重重點了點頭。

主事上下打量了柯采依那小身板，說道：「我先給妳提個醒，這品味大會可不是妳那路邊小食檔，味道差不多就有人買帳。到時候會有城裡德高望重的評審老饕坐鎮評比，更有高手如雲，不是那麼簡單的。」主事已經腦補出她第一輪就過不了的窘境了。

柯采依笑了笑。「我心裡有數，一旦上了比賽就是我自己的事，您只是負責報名不是嗎？我看告示裡沒有說小食檔的廚子不能參賽吧。」

「那倒是沒有，只要是在縣衙登記過，並且按時交稅的良民都可以參賽。」

柯采依斬釘截鐵道：「那就行，我要參加。」

主事見柯采依興致勃勃的樣子，也不再勸說，在報名簿寫上了她的大名。

走出縣衙，看著剛剛還興致高昂拉著她來報名品味會的周巧丫，真報完名後反而一副愁眉不展的樣子，柯采依有點不解道：「怎麼了？」

周巧丫嘟著嘴道：「我雖然不識字，但是剛剛看那報名簿上寫得滿滿都是名字，這麼多人參加，采依妳有把握嗎？」雖然她知道柯采依廚藝好，但是一想到要和那麼多人競爭，頓時心裡又沒底了。

「放輕鬆，盡力而為就好。」柯采依倒是想得開，能拿到賞銀最好，得不到也無妨，靠著她的食檔，攢夠開鋪面的銀兩也左不過是多花些時日罷了。

周巧丫聞言也只能暫時把心放到肚子裡，接著又不滿道：「剛剛那主事說品味會分三輪，第一輪的題目竟然要在比試前一天才會告知，匆匆忙忙的，難道不能給參賽者多一點時間準備嗎？」

柯采依笑而不語。

時間轉瞬而過，到了品味會前一天，告示欄前人頭攢動，幾乎都是來看第一輪比試內容的。內容倒也很簡單，以「酸」為題做一道點心。

周巧丫碎碎唸。「這個題目好奇怪，點心誰不是愛吃甜的，酸的怎麼入口？」

柯采依撐著下巴，腦子裡不斷思索著。

「怎麼樣，可有主意了？」周巧丫見她皺起眉頭，小聲問道。

柯采依抿了抿嘴道：「我得再想想，這樣吧，巧丫妳先回食檔，我去菜市場轉一轉看看有沒有靈感。」

周巧丫聞言拍了拍她的肩膀，往另一個方向走去。

以「酸」為題，柯采依腦海裡瞬間冒出很多在她那個時代吃過的點心，然而關鍵是要在這個時代，利用已有的食材做出有新意的東西。

柯采依垂眸想著品味會的事情想得入神，沒有注意路況，差點撞上了人。

直到那雙繡著祥雲的黑鞋映入眼簾，她才煞住腳步。

「在想什麼，連走路都顧不得了？」

一道熟悉的聲音在頭頂響起，柯采依猛的抬頭，驚喜的喊了一聲：「陳公子。」

陳晏之注視著她亮晶晶的雙眼，笑著打趣。「要不是我攔著妳，妳都要撞到那車了。」

柯采依順著他的視線，才發現前方有一輛停在路上的獨輪車。

她手指繞著髮辮打轉，不好意思的笑了。

「陳公子，你怎麼在這裡？」

陳晏之道：「我路過這裡要去辦點事，看妳過來的方向，剛剛從縣衙過來的吧。」

「公子真是聰明。」柯采依佩服道。

「如果我沒猜錯，妳是在想品味會的事？」

柯采依豎起大拇指，揚起嘴角道：「猜得一點沒錯。」

陳晏之和柯采依並肩走著。「其實不難猜，這兩天縣衙唯一的大事就是一年一度的品味會，我想妳這麼愛做菜，自然是絕不會錯過的。」

他又問道：「以『酸』為題，這是第一輪比試的題目，有什麼想法？」

「原來陳公子也對品味會如此關注啊。」柯采依鼓起臉頰道：「正想著這事呢，暫時還沒有很好的點子。當下甜味點心是最受歡迎的，尤其是糖這種金貴物，不是尋常人家日日吃得起，故而誰都想吃點甜的。能在品味會擔任評審的老饕想來都是德高望重、家世顯赫之人，估計再金貴的甜點都吃過了、吃膩了，所以才會想以『酸』為主題。但如果完全是酸味又是無法入口的，所以——」

「所以其實酸酸甜甜才是這道題目的正確方向。」陳晏之接話道。

柯采依拍手歡喜道：「公子跟我想的一樣。」

「我帶妳去個地方。」陳晏之神神秘秘的說。

「去哪兒？」

「待會兒妳就知道了，也許去過之後妳就會有靈感了。」

柯采依的好奇心被吊了起來。

「善品齋？」

陳晏之將柯采依帶到善品齋的門前，笑道：「沒錯，既然是要做點心，那就得來看看木塘縣最有名的點心鋪。」

「有道理。」柯采依咬了下唇，善品齋的點心代表了木塘縣點心的最高水準，嘗嘗他們的點心，就能知道這裡現在流行哪些點心，然後才能確定她要做的點心到底有沒有創意。

就像滴酥鮑螺，如果不是陳晏之給她送了點兒，她都不知道這個時代已經有了用乳酪製成的點心。

陳晏之顯然是善品齋的大主顧，一進去就得到了掌櫃的親自接待。

他淡淡的說道：「掌櫃無須多禮，我隨便瞧瞧，您儘管去忙。」

掌櫃的視線在陳晏之和柯采依的身上轉了轉，接著露出一副了然的表情，笑著囑咐小二。「好好招待陳公子和這位姑娘，不可怠慢。」

看著掌櫃笑得一臉曖昧，柯采依有點無言。

善品齋不愧是木塘縣最有名氣的點心鋪，裡面佈置得典雅精緻，櫃上展示著一排排精美的點心，樓上還設有雅間。

陳晏之引著她上樓，找了間靠窗的雅間，吩咐小二道：「把你們的點心每樣來一個。」

「啊，會不會太多了？」柯采依瞪大雙眼，出手太闊氣了吧。

陳晏之道：「吃不完可以帶走。」

柯采依這才點點頭。

很快小二就上了滿滿一桌的點心。

柯采依看著琳琅滿目的點心，眼睛都快不夠用了，嚥了嚥口水道：「看著都好吃。」

「快嘗嘗看。」

柯采依就從手邊的水晶糕開始，小二介紹水晶糕乃是用糯米、青梅、果脯和白糖做成，雖食材簡單，但做出來晶瑩透亮，軟糯耐嚼，食之甘美。

廣寒糕則是以鮮桂花加入甘草水，與糯米粉混拌在一起蒸熟而成，清甜不油膩。

蝴蝶酥表皮金黃，內質鬆軟，焦脆鹹香。

五香糕裡面則在糯米和粳米之外，添加了芡實、人參、白朮、茯苓和砂仁，香氣撲鼻，還可補胃益氣。

每樣點心都十分美味。

柯采依一邊享受著美食，一邊也在細細思考。善品齋裡的大多仍是傳統點心，以糕點類、酥皮類、油炸類點心最常見，像滴酥鮑螺這種使用了外來物乳酪的點心並不多。
她心裡漸漸有了個想法。
陳晏之並未動筷，他專注的盯著柯采依一鼓一鼓的臉龐，心裡不禁冒出了一個詞，「可愛」。
她真的很特別，吃東西不像其他姑娘那樣一筷子挾不起三粒米，反而非常豪爽，但又不失體統。
他覺得這個姑娘越來越有趣了。
柯采依被他盯得臉蛋有點發熱，說道：「我是不是吃太多了？」
陳晏之笑言。「不會，這些本來就是為妳叫的。」
柯采依擦了擦嘴角，誠懇的說道：「其實我已經有了一個想法。」
「那就好，我還擔心幫不上妳什麼忙。」
「怎麼會？陳公子，這次真的要謝謝你，要不是你，我也不會這麼快有靈感。」
陳晏之沈聲道：「姑娘不必謙虛，以姑娘的聰慧，早晚也能想出辦法來。」
「公子你再誇我都要膨脹了。」
陳晏之忍俊不禁。
最後柯采依將剩下的糕點打包帶走，陳晏之說什麼也不讓她付錢，只說等以後她贏了，希望有機會能吃到她做的點心。

柯采依自然是忙不迭的應了下來。

柯采依說要去菜市場轉一轉，回來卻打包了善品齋的點心，周巧丫便追問個不停。柯采依不知怎的，並沒有對巧丫說實話，只說是買來想作為參考。她和陳晏之一起吃點心，就當成是她自己心裡的小秘密吧。

周巧丫問：「那妳參考了之後，有什麼想法？」

「當然是有了。」柯采依笑道。

說起做酸甜味點心，最好用的食材，柯采依腦海裡頭一個冒出來的就是用檸檬。只不過檸檬的原產地並不在此，也不知道這裡有沒有，柯采依抱著試一試的態度去市場走了一圈，竟被她找到了。

相對於本地那些常見的果子，水果攤位上只在角落裡擺著幾個檸檬，幾乎無人問津。得知柯采依對這個果子感興趣，攤主一臉疑惑道：「姑娘，妳確定要買這個？」

柯采依毫不猶豫的點了點頭。

攤主還是難以相信的樣子，又向她解釋道：「這個果子叫里木子，產自南洋，是從水路運過來的。別看它模樣黃澄澄的很漂亮，可是味兒極酸，特別酸，妳買來做什麼用途啊？」

原來檸檬在這裡叫做里木子，柯采依笑著說：「我自然有用處。」

攤主道：「小姑娘，我已經提前告訴妳了，別到時候買回去酸倒了牙，回過頭來埋怨我沒有提醒妳，我這裡概不退貨的。」

這水果攤主倒是實在人，柯采依笑著回應：「放心吧老闆，我要的就是它的酸。」

攤主確認再三後，這才喜孜孜的給柯采依包起檸檬。說實話，這幾個里木子擺了好幾天，除了一個老郎中和一個孕婦來買過之外，再無人問津，他本以為要爛在手裡呢。這下終於都賣出手了，其實攤主心裡也忍不住竊喜。

柯采依接著又去採購了其他必備的食材，雖然做點心對她來說不是難事，但是為了保險起見，她還是要在正式比試前先做一遍才放心。

周巧丫看著柯采依將滿滿的食材堆放在廚房裡，拿起一個檸檬，疑惑道：「采依，妳為什麼要買這麼多這個叫什麼里木子的？」

這個果子還挺貴，就買這幾個，花了四十多個大錢。柯采依眼都不眨的，可把她肉疼壞了。

柯采依打水準備清洗檸檬。「這個可是好東西，做糕點、吃食、飲品都用得上的，加一點，味道好極了。」

「是嗎？」周巧丫將信將疑，又指著另一堆果子問：「那這些酸棗呢，也是用來做點心的？」

柯采依瞟了一眼。「這是備選方案。上回楊琥公子說了，為了保證公平，每年品味會上比試所用的廚具以及食材全部由主辦方提供，參賽者只能在提供的食材當中挑選。雖然市面上常見的食材都會有，但是這個里木子在這裡很少見，我不確定主辦方會不會準備，萬一沒有的話，我就打算做一道酸棗糕。」

周巧丫恍然大悟道：「還是妳想得周全，那我去給妳洗這些酸棗。」

柯采依洗完檸檬，取出一個切半，接著榨汁。新鮮的檸檬榨出汁水後，空氣中都瀰漫著果酸的味道，她沾了一點試味，頓時皺起眉來，夠酸，也夠清新。

柯采依打算做檸檬口味的蛋糕卷，她取出雞蛋，將蛋清和蛋黃分離開來，蛋黃中依次加入少許糖、油和過篩的精麵，攪拌至無顆粒和油星，接著倒入適量剛剛榨好的檸檬汁，繼續攪拌均勻。

她將攪拌好的蛋黃放在一邊，開始處理蛋白。沒有打蛋器，只好用筷子人工打發。她將蛋白順時針方向不停打發，中間分三次加入砂糖，打發成光滑雪白的泡糊，能倒扣碗不流出。接著她又將三分之一的蛋白泡倒入蛋黃中，加入一點切碎的檸檬皮屑，可以豐富口感。攪拌均勻後，將剩下的蛋白泡分兩次倒入麵糊中翻拌均勻。

眼下雖然沒有烤箱，好在用平底鍋照樣能做。柯采依將翻拌好的麵糊均勻的鋪在平底鍋上，蓋上鍋蓋用小火慢慢烘烤，小心確保整張麵糊均勻受熱，薄厚一致。待到麵糊表面凝固，插入竹籤不沾麵糊，蛋糕胚就完成了。

蛋糕胚放在準備好的油紙上待涼後，柯采依在上面塗抹她早就做好的桃子果醬，將蛋糕胚連帶油紙捲起來，放置一會兒，待到定型後切片擺盤，蛋糕卷就做好了。

淡黃色的蛋糕胚捲著橘色的桃子醬，擺在潔白的盤子上，周巧丫從未見過如此漂亮的點心，瞪著雙眼道：「我都捨不得下嘴了。」

柯采依失笑道：「快吃，以後想吃我再給妳做。」

周巧丫小心翼翼的拿起一塊蛋糕卷送入口中，蛋糕鬆軟綿密，用桃子和冰糖熬出來的果醬香甜可口，再加上檸檬的酸味刺激味蕾，使得整個蛋糕卷口感甜而不膩，十分清新。

她三兩口吃完，對著柯采依歡喜道：「太好吃了，這個肯定能拿頭名。」

「姊姊我還要。」那邊柯采蓮也高舉著盤子，舔著嘴巴，一臉饞相。

周巧丫挾起一塊蛋糕卷放入柯采蓮盤中，滿臉崇拜道：「采依，我看妳乾脆別賣酸辣粉了，去賣點心吧，我從來沒吃過這麼軟、這麼好吃的糕點。」

柯采依一邊將洗乾淨的酸棗放入鍋中，一邊笑著回話道：「路要一步一步走，飯要一口一口吃，一口可吃不成個大胖子啊。」

相比蛋糕卷，這酸棗糕做起來就更簡單了。

酸棗放入沸水中煮一會兒，能更快去皮，柯采依麻利的將酸棗去皮去核，接著將果肉放入鍋中加入冰糖熬煮。她還特地買了一些乾桂花，撒在酸棗糕上，點點花瓣令這酸棗糕增添了不少香氣和雅致。

看著眼前成形的蛋糕卷和酸棗糕，柯采依滿意的拍了拍手。還好，沒有那些現代廚具，照樣能做出來。

第十三章

接下來就到了品味會的正式比試，陰沈了好幾日的天在這一日也放晴了，冬日的陽光照得人格外舒坦。

聽到柯采依要去參加廚藝大賽，柯均書也無心讀書，嚷著要去給姊姊助陣，呂老頭見書哥兒平日裡格外勤奮刻苦，特批准了他的假期。

因為要參加品味會，柯采依的酸辣粉食檔沒有開張。不只是她，整條東市小吃街都沒有多少仍在正經做生意的，有和柯采依一樣去參賽，也有純粹湊熱鬧的。那些大酒樓就更不用說，掌勺大廚早早就跟著東家去了比試現場。

比試場地安排在城西的一個廣場上，柯采依姊弟仨和周家兄妹趕到的時候，被眼前人山人海的景象嚇了一跳。整個廣場被趕來的老百姓圍得水洩不通，周圍樓房的窗戶裡也滿滿是探出來的人頭，古代人特有的長髮還迎風飄揚。

大冬天也沒有阻止木塘縣老百姓看熱鬧的勁，一來正值農閒時分，二來這個時代的人也沒有什麼其他的娛樂方式，難得碰上這麼熱鬧的盛會，故而都聚到一塊兒來了。

十幾個捕快站在廣場的人群中間，拉了長繩圍著一圈，才擋住了圍觀人群闖進去。

柯采依幾個人費了好大勁才從人海中擠進去，她拍了拍胸口，氣喘吁吁道：「早知道這麼多人，就該早點來了。」

「是啊，我還是第一見到這麼多人呢。」為了不被人群擠散，周大青一直抱著柯采蓮，擠進來才把她放下。

柯采依贊同的點了點頭，本來十分坦然的心態，看著這麼多人圍觀，突然開始有點壓力了。

她環顧了一下比試場地，廣場中間已經砌好了幾十個臨時灶臺，鍋具準備齊全，每個灶臺旁邊還放著幾捆柴火和一桶水。廣場正對著灶臺的地方搭了幾個棚子，其中一個棚子放著兩排高低架子，上面堆滿了各種食材。另外的棚子則擺放了桌椅板凳，幾個男子已經落坐其中，悠閒的喝著茶水閒聊著，想來這就是品味會的評審了。

她看著蜂擁的人潮，暗暗深呼吸了一下，對周家兄妹道：「我剛剛看到參賽者都要去那邊領牌子，我先過去了。」

又拍了拍雙生子的肩膀，叮囑道：「你們兩個一定要寸步不離的跟著大青哥哥和巧丫姊姊，知道嗎？」

周大青沈聲道：「兩人交給我，放心吧，妳快去，別耽擱了。」

於是柯采依又擠開人群，走到主辦方發放牌子處。這次報名品味會的共有兩百多人，她領到了一個號碼靠近中間的木牌子。她暗暗想著這個號碼正好，既不用率先上場，可以根據前面的人調整自己的節奏，也不用排到最後等得不耐煩。

根據比試規則，參賽者按照領取的木牌子號碼，按照順序，分批次輪流上去做菜，每個人只有一炷香的時間。

比試還未開始時，圍觀的人群嘰嘰喳喳嘈雜得厲害。

辰時左右，一個留著兩撇小鬍子，穿著深褐色對襟袍子的中年男子走上高臺，用力的敲了一下手裡的鑼，現場頓時安靜下來。他咳嗽一聲，接著發表了一通感謝蒼天、感謝皇帝恩賜的官話後，眼見圍觀的百姓越來越不耐煩，便扯著嗓子高喊了一句：「品味會正式開始。」

隨著這一聲高喊，參賽者紛紛衝入棚子裡選擇自己要用的食材。正式比試的時候，還有監察的人在參賽者中間不停走動，或者站在高處觀看，排場跟科舉考試一樣嚴格。

因為還沒有輪到柯采依，所以她也只能在等候區待著。她沒有乾坐著，而是注視著比賽場的情況，時不時聽到旁邊人群中傳來議論的聲音。

「那個靠左邊一排中間的廚子有兩把刷子啊，他手裡那個雕花真夠漂亮的，跟真的似的。」

「那是漢泰樓的張大廚啊，你不知道嗎？聽說幾十年練就了一手好刀工，嫩豆腐都能給切成絲呢。」

「唉，看看最右邊角落裡那個大爺，烤出來什麼東西，黑坨坨的都糊了。」

「哎喲那個穿灰色衣服的男人更好笑，蒸了半天蒸出來個包子，誰會跑這裡來吃包子啊！」

「這一炷香都燒了大半了，居然還有人一半都沒做完，自己水準什麼樣心裡沒數嗎？」

比試場上參賽者的所有表現都成為了圍觀群眾津津樂道的談資。

日頭逐漸升高。

場上比試的人已經過了兩撥，終於輪到柯采依上場。她剛走到自己的鍋灶旁邊，就聽到人群中傳來一聲高喊。「柯姑娘，加油啊！」

她轉過頭一看，竟是那胖子楊琥，他和李仁不知道什麼時候和周大青他們站到了一塊兒。見她回過頭來，他們紛紛向她揮手，柯采蓮和柯均書更是激動的喊著：「姊姊加油。」

柯采依心頭一熱，也揮了揮拳頭示意。

比試開始後，柯采依跟隨其他參賽者來到食材區。

剛剛在遠處瞧得不清楚，這下走到棚內才發現各類食材真是準備得很齊全。因為第一輪是比試點心，故而參賽者一窩蜂都去取用各式麵粉、水果、糖等原料。柯采依則圍著高低架子走了兩圈，睜大雙眼尋找檸檬的身影。

還真的有！

柯采依在架子高處的一個小筐子裡發現了黃澄澄的檸檬，她迫不及待的取走兩個。湊近聞了聞，新鮮的檸檬酸味令她精神一振。她看了看周圍，其他人大都去取用青梅、山楂、梨子等水果，不一會兒功夫就沒了大半，而這檸檬好像只有她一個人取用。

柯采依拿好其他所需的食材，走回自己的位置旁，挽了挽袖子開始做蛋糕卷。全神貫注的她並未看到旁邊二層樓上的窗戶裡探出個熟悉的人。

阿福站在窗戶邊上看著下面黑壓壓的人群，對著身邊的人道：「公子，柯姑娘看起來似乎胸有成竹的樣子。」

陳晏之背著手，居高臨下的盯著比試場上的那個人兒，淡淡笑了笑。不知道她到底想出了什麼主意。

阿福皺了皺眉頭，又說道：「只是這次品味會聽說好多酒樓的大廚都出動了，連咱們的李師傅也去了，這麼多高手，柯姑娘有沒有勝算呢？」

公子明明很想讓柯姑娘贏下比賽，但又交代李師傅務必盡全力參賽，這操作著實令人看不懂。

陳晏之瞥了他一眼。「越有壓力的比賽才能激發她的實力。」

阿福撓了撓太陽穴，好深奧啊。

由於已經在家試驗過一次，所以柯采依在場上有條不紊的按著自己的節奏做蛋糕卷，還根據試做品的口感調整了檸檬汁和檸檬皮屑的分量。當香燒到還剩四分之一時，她的桃子果醬也熬好了，剛剛熬出來的果醬呈漂亮的金粉色。她小心翼翼的將搧涼的桃子果醬塗抹在蛋糕胚上，輕輕捲起來切片，斜著擺在盤子上，然後放在桌角等待評審品嘗。

隨著一聲鑼響，柯采依這一組時間結束了。

原本正坐在棚裡悠閒喝茶的評審們慢慢踱步到比試場中，四個人分四列，從頭一一點評。品味會第一輪的淘汰率很高，有的參賽者做出來的點心，評審嘗都不嘗就一口否決。

柯采依挺直腰背，看著評審們點評其他參賽者。

其中一個身穿藏青色長袍的評審走到她左上方的參賽者旁，指著他的點心問道：「你這個點心用什麼做的？」

那參賽者是個青年男子，不過二十出頭的年紀，聞言戰戰兢兢答道：「用……用的是山楂。」

評審一臉不耐煩。「又是山楂，老子一上午光吃山楂了，一點新意都沒有。」話雖如此，他還是拿起嘗了一小口，品了一會兒，皺著眉頭冷冷的丟下一句話。「山楂的果粒感太重了，皮都沒去乾淨。」

柯采依又看了看她的右邊，另一個評審端著一盤綠油油的點心，先是聞了聞，接著捏起一塊送入口中，剛抿了一口就吐了出來，對著參賽者怒道：「太酸了，你是豬腦子嗎，這麼酸誰會吃？」

那參賽者被罵得渾身發抖，低頭小聲嘟囔道：「不是以酸為題嗎？」

評審一副看傻子的表情。「題目都讀不懂還來參加什麼比試啊？就你這領悟力根本揣摩不了食客的需求。」

柯采依心裡升起一絲緊張感，這些評審真夠毒舌的。

當然也不是全都差評，柯采依這一列的評審是個留著花白鬍鬚的大爺，已經走到她的正前方。這位參賽者是背對著她，故而看不見他的容貌，只看得見個渾厚的背影。評審端起他做的點心，柯采依透過參賽者的肩膀看到了點心。

是荷花酥。

柯采依心裡暗暗讚嘆，做得真不錯。這道荷花酥酥層清晰，六個粉紅色的花瓣悄然綻放，遠遠看去像極了真的荷花。

評審似乎也相當滿意，不住的微笑點頭，再挾起一塊送入口中，閉著眼睛慢慢咀嚼，開口道：「好好好，荷花酥老夫不是沒吃過，但是你這道荷花酥別有風味，裡面加了點旁的東西，對不對？」

參賽者畢恭畢敬答道：「是的。」

老評審又細細品了一會兒，似乎想起來了，笑道：「老夫斗膽一猜，加了冬枇杷。」

那參賽者抱拳笑道：「佩服佩服，李老的味覺不減當年。」

那評審開懷大笑道：「趙大廚的廚藝也越來越精進了，難怪生意那麼好。」

原來這兩位是熟識。

接著評審遞給了趙大廚一個通過的木牌子後，就信步走到了柯采依面前。

柯采依趕緊稍稍彎腰行了個禮，李老一走到柯采依桌前，就被她放在桌角的點心吸引住了目光。「小姑娘，妳這道點心樣式倒是新奇，老夫還是第一次見，這個可有名兒？」

柯采依笑呵呵道：「回大人，我這道叫做蛋糕卷。」

「蛋糕卷？」評審端起來仔細看了看，滿意道：「不知道味道如何？」

柯采依伸出單手做了個「請品嘗」的姿勢。「您老嘗嘗就知道了。」

他撚起一塊慢慢品嘗了一會兒，微微點了下頭，一臉驚喜道：「鬆軟香甜，又帶著一絲絲酸味，口感著實有趣。」他又指著蛋糕卷中的那層粉色果醬，笑道：「老夫沒猜錯的話，這個是用桃子熬出來的果醬吧。」

柯采依笑咪咪的比了大拇指。「大人好味覺。」

李老又回味了一會兒，疑惑道：「只不過這蛋糕卷裡還有一種味道，我卻沒有嘗出來，妳能不能告訴我那是什麼？」

「是這個。」柯采依舉起桌上還沒有用完的半個檸檬道。

李老接過來瞧了一下，有點不確定的說道：「這是里木子？」

柯采依沒想到這老大爺也識得檸檬，抿嘴笑道：「正是，我是將這里木子榨汁添加在點心中，可以讓糕點清新爽口不發膩。」

李老本以為這小姑娘也是湊熱鬧才來參賽的，這下品嘗了她的點心，又聽她頭頭是道的回答，頓時有點刮目相看。他又正色問道：「據我所知這種果子並不是產自本地，需要從很遠的南洋運過來，甚至連水果攤也不是經常有賣，很多人都不識得，妳怎麼會想到用它呢？」

柯采依早就想好了這個問題的回答。「我也是以前偶然一次嘗到了這里木子的味道，雖然它味道極酸，但是少量入菜、做點心，卻能增味去膩，是極好用的。我還得多謝主辦方準備了這個，我昨兒還在擔心萬一沒有里木子的話，得再做別的了。」

李老撫了撫他的鬍鬚，大笑道：「今兒一上午我嘗了這麼多點心，只有妳這個最新奇，有趣有趣，小姑娘，妳不去當廚子可惜了。」

「我是廚子啊。」柯采依勾起嘴角微微笑了笑，不放過這個打廣告的好機會。「我在東市那兒開了個食檔，賣點小吃食餬口。」

李老聞言上下打量了下眼前這個清秀的小姑娘，眼神裡流露出讚許之色。「那改日我可得去嘗嘗了。」

「歡迎至極。」

見李老和柯采依聊得好不開心，李老時不時開懷大笑更是吸引了很多人的目光。人群中的周巧丫激動的抓住周大青的胳膊。「哥，你看那評審笑得那麼開心，采依一定是通過了。」

柯采蓮也附和道：「姊姊的點心那麼好吃，肯定能贏。」

她奶聲奶氣的聲音逗樂了眾人。

楊琥雙手環抱，用不容置喙的語氣道：「柯老闆的廚藝過第一輪簡直是不費吹灰之力。」他自從沈迷酸辣粉後，早就成為了柯采依的廚藝吹。

直到看到那老評審將可以參加第二輪比試的木牌子遞給柯采依時，他們幾個人頓時發出歡呼的聲音。

柯采依拿著木牌子走回周巧丫身邊，他們紛紛為她拍手慶賀。

李仁好奇問道：「柯姑娘，剛剛評審和妳聊什麼聊得那麼開心？」

「也沒什麼。」柯采依將木牌子遞給書哥兒把玩，笑了笑說：「可能是我做的糕點恰好合他的胃口。」

楊琥一拍手樂道：「咱們是不是應該去慶賀一番？我們書院今天是休沐日，有一整天的時間呢。」

楊琥做什麼第一件想到的都是吃。

柯采依忍笑道：「沒那個必要，只是第一輪而已，後面才是真正的較量。」

周巧丫挽著柯采依的手，問道：「那第二輪比試的題目是什麼啊？」

「還不知道，要等第一輪全部比完才會宣佈。」

為了看柯采依比試，這幾個人一直在場外站了一個多時辰，著實累得慌，尤其是雙胞胎早就快站不住了。眼看第一輪比試還沒那麼快結束，一行人便在附近找了個茶館坐著消磨時間。

直到申時，這場比試才在一聲響亮的鑼響後正式結束。到了這個時辰，圍觀的人群早就散去了大半。

第一輪比試就淘汰了近三分之二的參賽者，剩下的幾十個人聚在廣場上，聽主事宣佈第二輪比試的題目。

「安靜。」那個敲了一整天鑼的主事高喊了一句，接著一本正經道：「現在宣佈第二輪比試的題目，一個個豎起耳朵給我聽仔細了。大家都知道明年是皇太后的大壽，為了表示咱們臣民對太后的祝願，所以這第二輪比試的題目就是假如你們是御廚，做一道給太后祝壽的菜。」

這道題目一出，立刻在參賽者中間炸開了鍋。

有摸不著頭腦的參賽者高聲表達不滿。「我們又不知道太后喜歡吃什麼，怎麼給她做菜啊？咱們又不是皇宮大院裡的御廚。」

主事一臉不耐煩回話道：「想像！想像一下自己是個御廚該怎麼做。」

「我連木塘縣都沒出過，怎麼想像啊！你給我示範個怎麼想像。」

「誰出的狗屎題目，想內定第一名就直說，別耽誤大家的時間，為了這個品味會我連自己的鋪面都關了，知不知道一天損失多少進項啊？」

「就是說啊，俺大老遠過來一趟可不容易的咧。」

主事並不在意參賽者的眾多不滿，擺擺手道：「不想繼續參加可以直接棄權，到我這兒登記。」

底下的人聞言頓時又不說話了。

柯采依聽到這個題目心裡也著實一驚，她一言不發，面上卻沒有顯示出半點疑惑。她抬眼環顧了下四周的參賽者，大多數臉上都是忿忿不平之色。但是她右前方有個額頭帶疤的中年男子倒是一臉志在必得的神情，甚至能看得出一絲輕蔑的意味。

難道他知道什麼內幕嗎？

古往今來的各種比賽、考試都很難做到絕對的公平，所以就算有內幕，也是在她的意料之中，只是不知道這黑幕黑到什麼程度。

從柯采依口中得知了第二輪比試的題目後，周巧丫立刻叫了起來。「給太后祝壽的菜？這也太難了，皇太后那不是天天吃山珍海味嗎，我們平頭老百姓哪裡會做啊？」

李仁沈思了一會兒，緩緩說道：「這應該並不是真的要選一道給太后祝壽的菜，畢竟咱們這裡離京城路途遙遠，只不過是借個由頭罷了。」

「李仁說得對。」楊琥慢條斯理道：「而且仔細想想，這道題目既難也易。」

「這話怎麼說？」周巧丫望著這位剛剛結識的書生。

「說難是因為前提是給太后祝壽做的菜，自然不能敷衍了事，我們這些街頭吃食肯定無法登上這大雅之堂。說易呢，是因為它只給了一個條件限制，就是為太后祝壽，並沒有其他要求，那麼發揮的空間就大了。」

柯采依略微頷首道：「和我想的差不多。就算是太后，也是吃五穀肉蔬，關鍵就看在哪裡發揮。」

李仁看著柯采依沈穩的樣子，笑道：「柯姑娘是不是有主意了？」

她抿著嘴搖了搖頭。「還得好好想想，反正比試在兩天後，還有時間準備。」

和李仁、楊琥分道揚鑣後，柯采依幾個人就匆匆往家趕。

與此同時，那個額頭帶疤的中年男子走進了木塘縣數一數二的大酒樓漢泰樓。他剛走進去，小二就迎了上來。「張師傅今兒辛苦了，東家正在樓上等著你呢。」

張廚子撩起長袍，抬腿登上了二樓，直奔東家所在的房間。

一個身穿月白色窄袖長衣的年輕男子正坐在桌前獨自下棋，見張廚子走了進來，沈聲道：「張師傅今天那手雕花做的很漂亮，我看場上沒幾個有你那麼好的刀工。」

張廚子一走進房間立刻將腰彎成了九十度，聽到東家的誇讚，腰彎得更低了，畢恭畢敬道：「承蒙東家看得起。」

年輕男子擺手示意他坐下，又淡淡問道：「接下來準備得怎麼樣？」

張廚子受寵若驚的坐下，接著回話道：「東家請放心，關於第二輪比試的內容我早就準備好了，主辦方那邊一切也都打點妥當。」

年輕男子看著手裡轉動的黑棋，輕哼一聲：「之前品味會連續三年的頭名都被泉喜樓拿走，讓他們出盡了風頭，這次我漢泰樓無論如何必須贏。」

張廚子對著東家諂媚著一張臉。「這次的對手還是泉喜樓，其他參賽者都是些無能之輩，不必放在眼裡。而且我們這幾年把泉喜樓姓趙的那廚子基本摸透了，他拿不出什麼絕活了，所以咱們是勢在必得。」

年輕男子不再言語，只是輕輕落下一顆黑子。

回到家後太陽就快要落山，柯采依一手牽著一個娃娃走進屋內，低頭對他倆道：「今兒在場外站了許久，是不是早就餓了？」

「餓。」柯采蓮摸了摸肚子點點頭，小聲說道：「中午大青哥哥買了包子給我們吃，但是沒吃飽。」在柯采依的餵養下，原本一天能有個餅子啃就滿足的兩個小豆丁胃口終於變大了，會喊餓了。這是好事，意味著他們從那種日日食不果腹的狀態中走出來了。

柯采依收拾了一下就去做晚飯。

說實話她自己為了這場比試，一整天精神都緊繃著，感覺比賣酸辣粉還累，腹內也早就空空了。

她暫時放下品味會比試的事情，先填飽肚子是關鍵。因為賣酸辣粉，鍋裡時常備著用豬大骨、雞鴨架熬出來的高湯。柯采依圍上圍裙，打算做手擀麵。她取出麵粉，撒點鹽，加水揉成麵團。

麵團放在一邊醒著，柯采依打發柯均書開始燒火。窮人的孩子早當家，書哥兒小小年紀，幹這些活計十分熟練。

接著柯采依從櫥櫃裡取出半隻生雞，提刀剁成塊。鍋燒熱後，下油和蔥薑絲爆香，雞肉下鍋翻炒片刻。她將上回買來的檸檬擠出汁水，倒入鍋中，再加一勺濃郁鮮香的高湯，轉小火慢慢燜煮著。

這邊麵團也醒好了，她將麵團擀成薄麵皮，再疊起切成麵條，下入滾開的高湯中，高湯極鮮，無需再加其他調味。她又煎了三個荷包蛋，單面煎的蛋白白嫩嫩的，放入湯麵上時，蛋黃顫顫巍巍的抖動著，用筷子輕輕一挑，鮮嫩的溏心就流了出來。

柯采依將三碗煎蛋麵和檸檬雞都端上桌，姊弟三人也無須講究什麼，端起碗就開吃了。

挑起一筷子筋道爽滑的手擀麵，喝上一大口味美鮮香的大骨湯，頓時整個人都感到踏實了。柯采依挾起漂亮的溏心蛋一口就吞了下去，嘴巴高高鼓了起來。柯采蓮想學姊姊一口吞，奈何小嘴巴只能塞下半個，狼狽的模樣惹得柯均書頻頻發笑。

加了檸檬汁的雞肉格外嫩滑，咬上一口，肉汁中都帶著一股清香。這檸檬果真是好東西，她心裡計算著將來再多掙點錢，買下個山頭，可以自己種點檸檬樹，到了夏天喝著冰鎮的檸檬汁，吃著檸檬糕點，豈不美哉？

第二日柯采依如往常一般起了個大早，趕著圓寶去賣酸辣粉。

她的這個食檔雖小，但畢竟是她現在唯一的收入來源，一日不開就少一日的進項。雖然第二輪比試就在眼前，反正現在也毫無頭緒，還不如先掙點錢去。

周巧丫一邊擦拭著桌子，一邊偏頭瞧著在準備澆頭的柯采依。「采依，妳昨兒想出來品味會第二輪比試要做什麼菜了嗎？」

柯采依淡淡回道：「沒有啊。」

柯采依手裡切著肥腸，這酸辣粉澆頭裡就數肥腸賣得最好，很多往日裡對豬下水看都不會看一眼的食客，如今也拜倒在肥腸的美味之下。

周巧丫一聽急了，揣著抹布三兩步走了過去。「這第二輪比試就要開始了啊。經過第一輪的淘汰，剩下的可都是高手中的高手，妳難道一點都不著急嗎？」

「著急也沒用啊。」柯采依給了她一個安慰的眼神，手裡切菜的動作不停。「說不定待會兒靈感就突然而來了呢。」

周巧丫聞言嘴巴嘟了起來。「妳可真沈得住氣。」她昨天晚上為了這事都半宿沒有睡著呢。

「我看這縣衙純粹是折騰人。」聽說了比試內容的武大嬸也跟著插話道：「還扯到那麼遠，不就是做個菜而已嗎？」

「好了好了。」柯采依朝她倆偏頭一笑。「妳們別為我擔心，我自有考量，快去幹活吧，客人馬上就要來了。」

「老闆，妳昨天沒開張，叫我好是想念啊。」快到飯點時，食客們接踵而至，一個常來的老大爺剛坐下就對柯采依笑道：「妳這酸辣粉裡是不是加了什麼料，怎的叫我如此捨不下？」

柯采依笑嘻嘻道：「大爺少打趣我了。」

另一個中年男子也對著柯采依興奮道：「老闆，我昨天去看了那品味會，妳做的是什麼點心啊？瞧著真是精緻極了，改日也做點給我們這些老熟客過過癮嘛。」

旁邊的人附和道：「就是就是，我看那老評審吃得特別開心。看得我心裡像爪子在撓似的，就是沒口福啊。」

柯采依輕輕一笑。「等我哪天再開個點心鋪，一定請你們來嘗嘗。」

眾人紛紛叫好。

柯采依手腳飛快的將食客們點的單做好，他們一邊嗦著粉，一邊又聊到了昨天的品味會，看樣子這場比試很長一段時間要成為百姓們茶餘飯後的談資了。

一食客八卦道：「聽說了嗎？第二輪的題目是假設自己是御廚，給太后做一道祝壽的菜。你說這太后都要五十歲了吧，這個歲數還吃得動什麼啊？」

另一個食客連忙緊張的低聲勸道：「噓！這大不敬的話可不能亂說，傳出去要殺頭的。反正又不是真的送到京城給太后吃，有什麼打緊？不過太后錦衣玉食，祖上在山東就是世代為官，什麼沒見過、沒吃過啊，這題真難。」

「說得也是，老闆年紀這麼小，哪裡見過什麼世面啊？我看第二輪她險了。」

柯采依不動聲色的聽著食客們你一言我一語的討論著品味會的事情，聽到有食客還為她擔心，不禁又是好笑又是感動。不過他們的話倒是資訊滿滿，原來當朝太后即將五十歲了，五十歲在這個人均壽命很短的時代是高壽了，也不知道這裡的地方官是不是打算借這個機會為太后獻禮？

當然這不是她要關心的問題，她更在意的是太后祖籍山東。

山東……山東，柯采依喃喃自語，心裡有個想法開始成形了。

第十四章

第二輪比試的日子轉瞬即至，這天圍觀的百姓比第一輪那天更多。

柯采依記取了上次的教訓，早早就到了比試場地。她的忠實支持者周大青和周巧丫佔據了圍觀群眾第一排的好位置，還帶了兩個小馬紮給柯均書和柯采蓮坐。兩小豆丁不吵不鬧，乖乖坐著。

柯采依站在比試場內，睜大眼睛環顧了一圈周圍的人群，還是沒有看見陳晏之的身影。不知道為什麼，心底裡突然有點失落。

她微微嘆了口氣，穩了穩心神，抬頭看向了高臺處。

主事已經拿著鑼站了上去，他照舊重重敲了一下，待現場安靜下來後，正色道：「各位，第一輪的點心比試只是小試牛刀，接下來才是真正大顯身手的時刻。切記切記，這輪比試只有兩炷香的時間，而且……」

他停頓了一下，接著高聲強調：「本輪比試只有排名前五的參賽者才可以進入最後一輪的比試。」

主事一宣佈之後，眾參賽者的臉一下子拉了下來，你看我我看你，臉色都緊繃著。

柯采依明顯感覺到現場氣氛頓時緊張了起來。

「現在，比試正式開始。」

一聽到口號，參賽者們一窩蜂的衝向了食材區。相比第一輪比試，這次主辦方準備的食材更充分，也更加珍貴。什麼燕翅鮑參、鹿尾大蝦等應有盡有，甚至還有不少名貴藥材，隨便拿一份出去賣也能值不少銀錢。

柯采依心裡暗暗咋舌，只是個廚藝比試，縣衙真是下了血本。當然參賽者是不敢偷拿的，因為食材區周圍有一圈捕快緊緊的盯著所有人。哪怕比完了，出去時還會被檢查，以防參賽者夾帶東西出去。

柯采依拿了個小籃子，趕緊把要用的食材一一拿好，快步走回自己的位置。兩炷香的時間說長也不長，她不敢耽擱，馬上挽起袖子開始做菜。

她將已經洗乾淨的整隻雞取出來放在案板上，正在圍觀的老百姓一看到這個小姑娘拿了一隻雞，紛紛搖頭。

「一隻母雞有啥稀奇的，俺們粗人都能吃得起，這個小姑娘還是太嫩了，不會選食材啊！」

「看看那個小夥子拿了鮑魚，這麼大個頭的鮑魚老夫還是第一次見。」

「她是東市街尾酸辣粉的老闆，我早說她第一輪就是僥倖通過。看看現在露餡兒了吧，再不濟也拿點燕窩魚翅啊！」圍觀者那副著急的模樣，似乎恨不得替她上場。

周巧丫聽著旁邊人的議論，也不禁開始為柯采依擔心，對著哥哥小聲道：「采依這次到底要做什麼呢？我心裡慌得很。」

周大青拍了拍她的肩膀，安慰道：「相信采依，她什麼時候打過沒有準備的仗？」

柯采依自然不知道場外的人對她的議論，她靜心在腦海裡將要做的菜的步驟順了一遍。她這次要做的是八寶布袋雞，她不知道這個時代有沒有這道菜，在她原來的世界，這可是一道魯系名菜。她想著，既然太后祖籍山東，那麼做一道山東菜，投其所好，不失為一個好點子。

要做好這道八寶布袋雞有兩個關鍵，一是刀工，二是餡料。所謂刀工，是指要將雞脫骨，而雞皮保持完整，猶如一個「布袋」，故而得名「布袋雞」。

柯采依拿起一柄長刃菜刀，沿著雞頸刀口處，慢慢推至頭下割斷頸骨，接著用小刀往下剔掉脊骨、尾尖和兩翅上的節骨，然後把雞肉連頭帶皮翻剝下來，只保留雞的頭部和腿骨，讓雞能保持坐臥的形狀。

柯采依決定做這道菜時，就在家試著做了一遍。雖然已經上手做過，不過當她把最後一塊骨頭取出來後，自己也長長吁了一口氣。

她將脫骨後的雞攤開在案板上瞧了一會兒，一點皮都沒破，完美！

距離柯采依比較近的圍觀者看到她手起刀落，一會兒功夫就從雞肉裡取出一塊塊骨頭，但是雞皮卻保持得很完整時，不禁瞪大了雙眼，這小丫頭的刀工也不能小瞧。

處理完雞肉後，柯采依開始準備填入雞肚子內的餡料，她將泡發好的海參、干貝以及豬肉、冬筍、蘑菇、蝦米、木耳和荸薺切成丁狀。鍋裡下油爆香後，將餡料悉數下入鍋內煸炒，加入黃酒去腥。

接著將煸炒好的餡料從雞頸的刀口處填入雞肚內，原本癟癟的雞肚被滿滿的餡料填充得鼓脹起來，然後用削好的竹針將刀口縫住，一隻完整的布袋雞就做好了。

柯采依抬頭看了眼香爐，第一炷香已經快要燃盡了。她不慌不忙的為布袋雞刷上一層蜂蜜水，燒熱油鍋，將整隻雞下鍋油炸，讓布袋雞定型後撈起。再以「摺翅彎脖」的姿態，讓布袋雞「坐」在大碗內，加入清湯、蔥薑、黃酒和醬油，上蒸籠蒸熟。

等柯采依最後將八寶布袋雞的擺盤完成時，第二炷香恰好燃盡，比試結束了。

柯采依正打算看看周圍的參賽者都做的什麼菜，一抬眸就看到那日碰見的帶疤男子站在她的斜前方，抬著下巴，用一臉得意的神情斜睨著旁邊的人。

從柯采依的角度看不到他桌上的菜，她心裡暗道，這人到底什麼來路，竟如此洋洋自得。

這一輪的點評和第一輪不一樣，評審們都坐在用毛氈遮蓋住的棚子內，由選手一一端著自己做的菜進入棚子給評審點評。

於是柯采依就看著其他參賽者歡天喜地的端著自己的菜品走進棚子，不一會兒卻一個個垂頭喪氣的走了出來。直到那個帶疤的男人單手高高舉著手裡的盤子進去，但沒有和前面的人一樣走出來。

難道通過了就繼續待在棚裡嗎？可惜那些參賽者走出來後直接退到場外，也沒個人和她交流下情報。

就在柯采依心裡不停猜測時，終於輪到她了。她朝周巧丫的方向點了下頭，雙手捧起白瓷碗，抬腳走向棚子。

柯采依一走進棚子內，就看見裡面放著一張長桌子，桌子後坐著五位評審，四男一女。第一輪點心比試時點評她的那位李老，坐在右手邊第二的位置。見柯采依進來，李老摸著長鬍鬚對她笑了笑。

另外四位雖不知什麼身分，但是看滿身綾羅綢緞，想必都不是等閒之輩。他們冷不防見進來的是個小丫頭片子，臉上都是不以為然的神色。

另外還有兩個人在一旁站著，一個就是那傲慢得要上天的帶疤男子，另一個則是個體型健碩的壯漢。

柯采依粗粗的瞧了下棚裡的情況，然後垂下眼皮，臉上始終保持著端莊的微笑，將自己的菜品穩穩放在桌子正中間。她輕輕揭開白瓷碗的蓋子，蓋子一開，隨著氤氳的熱氣，濃郁的鮮香味在棚內瀰漫開來。

接著柯采依雙手垂放在兩側，靜靜的等待點評。

幾位評審的眼睛往柯采依端來的白瓷碗裡一覷，眼神裡露出詫異之色。

只見一隻腹部飽滿的全雞以坐臥的姿態伏在碗內，周圍用胡蘿蔔和萵筍切成薄片圍著，擺了一圈圖案，這麼看上去，宛若全雞伏在錦簇之中。

最中間的評審是一個臉部方方正正的中年男子，戴著襆頭，有一股官場人的威嚴。他似乎對柯采依的擺盤頗為滿意，微微頷首，笑著開口道：「小姑娘，妳這道菜叫什麼名字？」

柯采依不疾不徐道：「我這道菜原名八寶布袋雞，我給它取了個吉祥名叫做仙鳥獻瑞。」

「布袋雞……仙鳥獻瑞，倒是個好名字，很形象。」那中年男子摸著下巴，轉頭對身邊的其他四位評審笑了笑。「只是不知道味道對不對得起這個名字了？」

最左邊一個大冬天還拿著扇子搖啊搖的男子急吼吼道：「王員外別打官腔了，快點嘗嘗吧，我都等不及了。」

他邊上的美豔婦人用手帕掩著嘴巴輕笑了一聲，道：「怪了，這廝竟著急了，剛才可沒見他這麼迫切啊。」

「因為真的很香啊！」那男子一臉急切的說。

柯采依聽著他實誠的話嘴角一彎。

王員外笑咪咪道：「好，那我們來嘗嘗這道仙鳥獻瑞。」

於是柯采依拿起筷子，在布袋雞的背部輕輕一劃。雞肉早就蒸得熟爛，這麼一劃，滿滿的八寶餡料就露了出來。柯采依分別挾了一點雞肉和內餡放入五個小碗中，再遞給五位評審。

隨著勺子輕碰碗壁的聲音，五位評審相繼將雞肉送入口中，柯采依的心也不由得提了起來。

「妙。」搖扇子的男子率先喊了出來。「雞肉肥而不膩，香嫩適口，好吃，真好吃。」

李老放下筷子，撫鬍笑著說：「小姑娘，老夫果然沒有看錯妳。」

王員外細品了一會兒，也臉帶讚許之色的說道：「滋味醇厚，內餡鮮嫩清香。這道菜應該是先炸後蒸吧，火候掌握得很精妙，而且能把整隻雞脫骨而雞皮保持完整，看來姑娘的刀工也不錯啊。」

果然是資深老饕，她還沒有解釋，他已經都吃出來了。

「不過，」王員外上下打量了一下柯采依，正色道：「我看妳身量還小，竟就有這般好的廚藝，妳的師父是誰？」他猜這丫頭不超過十五歲，能做出這道菜，必然是有名師指導。

柯采依搖了搖頭。「我沒有師父。」

扇子男怪叫一聲。「沒有師父？我不信，沒有師父教授，再加上多年的練習，怎麼可能做得出這道菜？」

「我真的沒有師父。」這是實話，上輩子的她也是自己摸索出來的。

「那妳為什麼會選擇做這道菜？」王員外見她堅持說沒有，不再繼續這個問題，當她是有難言之隱，畢竟這個問題對比試也無關緊要。

他指了指桌子上另一頭的兩道菜，好奇道：「這輪比試是以為太后祝壽為題，看看那兩位參賽者的菜品，不是鹿尾就是獐子肉，都是很精貴的食材，這才配得上太后的身分。而妳選擇了雞肉，會不會太普通了？」

柯采依瞟了一眼那兩道「名菜」，抿了下嘴，娓娓說道：「這道布袋雞是我從一位四處遊歷的老人那兒聽來的，說是山東當地家喻戶曉的名菜。皇太后出身山東，現在長居京城，想來也會思念家鄉的味道，所以我選擇做這道菜。再者我聽說當今聖上一向崇尚節儉，不喜奢靡，我這只不過是順應聖意而已。」

「說得好。」那唯一的美豔女評審拍手為她叫好，笑道：「小丫頭不僅廚藝好，居然還這麼能說會道。」

「我看是投機取巧。」那個最右邊的年輕男子本來一言不發，聽了柯采依這番話，冷笑道：「做的菜味道也不過平平，口氣倒是不小。如果真的進宮做菜，以為要這小聰明就能過得了關嗎？癡人說夢。」

「我倒不這麼認為。」李老斜覷了他一眼，沈聲道：「不論山珍海味抑或山村野味，都不是最重要的，只要做得好吃即可。小姑娘很花心思，我認為可以通過。」

李老是這五個人中年紀最大的，那男子對他似乎頗為忌憚，被他一懟，也不再開口說了。

扇子男接著說道：「我也同意。」

「依我看，這道仙鳥獻瑞從味道、品相到寓意都很不錯。我看各位的意思，目前是三比一，再加上我也很想看看她下一輪能還能做出什麼樣的菜。所以第三位能夠進入最後一輪比試的就是妳了。」

王員外最後拍板讓柯采依通過，柯采依終於鬆了一口氣，那位美豔婦人還朝她眨了下眼睛。

柯采依過關後就被告知站到帶疤男子身邊，對方冷冷的看了她一眼，接著輕哼一聲，頭偏向一邊不再看她。

這人真是莫名其妙，柯采依暗暗朝天翻了個白眼。

接著柯采依就看著接下來的參賽者一個一個端著自己的菜走進來讓評審點評，這次她作為旁觀者，才知道這些評審能毒舌到什麼程度。

有個參賽者剛放上盤子，最右的那個男子就嚷嚷道：「這東西狗都不會吃，拿出去。」還有個參賽者端著白灼蝦尾上來，評審吃了一口就當著參賽者的面吐了出來。看著那位參賽者深受打擊的神情，柯采依不禁都感到同情了。

直到那個第一輪做了荷花酥的趙廚子走進來時，棚子裡的氣壓終於不那麼低了。

趙廚子身形微胖，長得一臉敦厚，他一走進來，柯采依見幾位評審的臉色都變得正經了，可見這人真不是個小人物。而她身邊帶疤的那個男子則是瞇著眼睛，眼神裡莫名透露出敵意。

王員外對趙廚子笑道：「趙大廚，我可是等了你好久啊。」

「不敢當。」趙廚子笑了笑，一臉處變不驚。略微寒暄後，他將手裡的瓷盅放在桌子上，輕輕揭開蓋子。

王員外立即伸過頭去，看到裡面的東西，眼睛一亮。

柯采依難掩好奇心，也踮起腳尖望了過去。小小的青花瓷盅裡只擺著一塊形似花朵的肉紅色物體，周圍擺著一片綠葉以及兩、三顆栗子。

趙廚子對這種比試的流程早已熟稔，他雙手交握在前，沈著聲音道：「這道菜叫做萬福肉，乃是選用上好的五花肉經過煮、蒸、扣等工序而成。至於造型，需從五花肉的每邊用刀橫片，片到角時轉刀再片，但是不能片斷，按原來的樣子捲回去，做出來的形狀猶如一朵花，旁邊配的是板栗，寓意順利如意。」

王員外早在打開盅蓋時就躍躍欲試，聽完趙廚子的講解，立馬拿起筷子輕輕挾起這道萬福肉。果然如他所說，猶如花瓣的肉片的確是連在一起的，每片薄厚一致。肉已經蒸得軟爛，他輕輕一挾就挾起一片，五花肉油亮亮的，入口即化，一點都不膩。

王員外嘗完，滿意的說道：「能把肉片成花，趙大廚的本事果然是出神入化。」

「早就聽聞趙大廚的刀工了得，此番真是大開眼界了。」那美豔婦人笑著說。

扇子男也迫不及待的將瓷盅接過去，嘗了一口便一臉陶醉。「也不看看多少人去泉喜樓都是衝著趙大廚去的。不過我說趙師傅，你好歹多做一些，這還不夠我一口吃的。」

「可別吃完了，我還沒嘗呢。」李老笑呵呵打趣道。

最右的男子見其他幾人如此誇讚趙廚子，陰陽怪氣的開口。「雖說把肉雕成了花，但左不過就是紅燒肉罷了，也沒甚稀奇的。」

趙廚子看了他一眼，並沒有惱怒，反而淡淡笑了笑。畢竟他也不是最終拍板的人，王員外才是。

毫無疑問，趙廚子以高票通過了這一輪比試。接下來的參賽者不多，又有一個麵館的老闆憑著一道「鳳穿金衣」通過了比試。

最後主事正式宣佈，進入最後一輪比試的五位參賽者，分別是泉喜樓趙良、漢泰樓的張槐、麵館廚子孫小六、壯漢黃武以及唯一的女參賽者柯采依。

自從柯采依進了棚子後，周巧丫的心就提到了嗓子眼，看她遲遲沒有出來，既興奮又擔心。好不容易終於等到柯采依掀起毛氈走出來，兄妹倆牽著柯均書和柯采蓮奔了過去。此時比試已經結束，圍觀人群大部分都散開了，故而他們走進比試場地也無人阻攔。

「怎麼樣怎麼樣？通過了嗎？」周巧丫一見她，迫不及待的問出來一連串的問題。

柯采依咧著嘴道：「當然通過了，要不然我怎麼會在裡面待那麼久。」

「太好了。」周巧丫聞言抓著柯采依的手高興的蹦了起來，嚷道：「妳進去以後我擔心死了。」

周大青看著激動的妹妹，無奈的搖了搖頭。

他瞥了一眼柯采依身後，小聲說道：「這麼說，從棚子裡和妳一起走出來的那幾個人都是進入最後一輪的參賽者了？」

柯采依偏頭看了看，頷首道：「沒錯，個個都是高手中的高手。」

說完她轉過頭來，正預備拉著周氏兄妹和雙生子回家時，就看見陳晏之正站在她的側前方不遠處。他著一襲月白色的衣裳，雙手背在身後，對她微笑著點了點頭。

柯采依霍然睜大了雙眼，說不清心裡什麼情緒，有點激動的朝他走了過去。

「柯姑娘，恭喜妳又通過了一輪，我就知道以妳的實力肯定沒問題。」還未等柯采依開口詢問他為什麼會來，陳晏之已經雙眼含笑的向她道了聲恭喜。

「你都知道了？你有看嗎？」明明在比試前沒有看到他的身影啊。

「當然了，我們公子從品味會第一輪比試就開始關注了，一直在關心柯姑娘的情況。」站在一旁的阿福熱切的回答。

唉，自家主子就是太含蓄了，明明在意得要死，卻不吭聲。

陳晏之輕咳了一聲，瞪著他道：「你話這麼多，是不是又想去打掃馬廄？」

阿福連忙搖了搖頭，往後退了退。上回馬車失控，他被罰掃了一個月的馬廄。

柯采依看著這主僕倆鬥嘴，眉眼一彎。「我還以為你這個大忙人應該沒時間來看這種比試呢。」

「怎麼會？為了妳我怎麼也得抽空來看看。」陳晏之看著她低頭微笑了一下，問道：「最後一輪比試的題目可不簡單，有頭緒了嗎？」

柯采依輕輕搖了搖頭。「一頭霧水，還得回去好好研究一下才行。」

這時，一道惱人的男聲從她的背後傳了過來。「喲喲，我說這個不知名的小丫頭怎麼能過五關斬六將，原來是陳公子的人啊。」柯采依回頭一看，是那額頭帶疤的張槐。

張槐從棚子裡出來後一直沒走，猛然看見陳晏之和柯采依在交談，著實驚訝。沒想到這個不知道哪裡冒出來的丫頭片子竟還攀上了這位貴公子。

他甩著手三兩步走了過去，滿臉堆笑的向陳晏之彎腰行了個禮。

陳晏之收起笑容，漫不經心看了他一眼。「張師傅，別來無恙啊。」

張槐抬起一雙不懷好意的眼睛掃視了一下陳晏之和柯采依，接著笑咪咪說道：「陳公子對品味會真的很看重，一個不夠，還來了個雙重保障。」

雙重保障？柯采依挑了一下眉，這什麼意思？陳晏之也派了人參加品味會？

陳晏之沒有回答張槐，而是冷冷的斜睨了他一眼。

張槐不是個不知好歹的人，尤其是面對陳晏之這種地位的人。見陳晏之明顯不待見他，便皮笑肉不笑的告辭了，走之前還對著柯采依來一句。「柯姑娘，期待和妳在最後一輪比試場上見。」

柯采依看著張槐走向了不遠處的一輛豪華馬車，車裡似乎坐著什麼人，他站在車窗邊說了幾句話，邊說著還邊看了她兩眼。車裡的人始終沒有露面，張槐說了兩句坐上馬車，車子才緩緩走了。

陳晏之看著離去的馬車沈思了一會兒，對柯采依沈聲道：「妳快回去吧，天都要黑了，最後一輪比試那天我會去現場觀賽的。」

柯采依本來還想問問「雙重保障」是什麼意思，可是這會兒她也不好問出口了，沒有多說什麼，便和周巧丫他們一行人回家。

本以為再見到張槐應該是在比試場上，沒想到隔日張槐竟然找上門。

彼時她正在將買來的豬肉切丁，準備做臘腸。

沒有臘腸的冬天是不完整的冬天，趁著這幾日天氣好，她準備趕緊做出一批臘腸來，一些留著過年，還可以拿一些去酸辣粉食檔賣。

聽到有人站在院子門口喊她，她將切了一半的豬肉放下，擦了擦手就跑了出去，一見是張槐，瞪大了雙眼。她奇怪的問道：「張師傅，你怎麼會來我家？」

張槐背著手，轉動眼珠打量了下她的院子，走到角落裡的菜地旁邊盯著瞧了會兒。真是夠寒酸的。他心裡暗暗想著，要不是東家叮囑他來這一趟，他一千個一萬個不願意來，這麼個窮酸人家出身的小丫頭有什麼好擔心的？

張槐轉過頭來，對著柯采依擠出個微笑道：「柯姑娘，我這個人向來是有話就直說，這次來是想和妳談一樁買賣，不知道妳有沒有興趣？」

「買賣，什麼買賣？」柯采依直覺不是什麼好事，總不至於是來買她的紅薯粉條吧。

「是關於這次品味會最後一輪比試。」張槐走到她跟前說道：「我知道妳參加品味會是為了拿到那五十兩的賞銀對不對？」

他從懷裡拿出一個鼓鼓的錢袋，似笑非笑的說：「這裡有五十兩銀子，只要妳答應我一件事，這五十兩銀子就是妳的了。」

柯采依抿著嘴一言不發，已經猜到了是什麼要求。

張槐見她不說話，便自顧自的說：「這個要求就是，妳不要去費心想爭奪頭名，決賽那天隨便應付一下就好。想想看，妳只需要隨便應付一下比試，就可以得到妳原本想得到的銀錢，這不是一件再容易不過的事情嗎？」

柯采依輕抬下巴，冷笑了一聲。「為什麼？」

張槐看她一眼，笑了笑。「還能為什麼？我們漢泰樓對這次的頭名勢在必得，妳又何必去蹚渾水呢？」

「既然你們漢泰樓這麼有信心，靠自己的本事奪頭名不就好了，何必弄虛作假？」

求人放水還一副高高在上的態度，柯采依臉色也難看起來。

張槐聽著柯采依不屑的語氣，頓時氣結。「妳！」

柯采依繼續說道：「再者除了我，還有其他三個參賽者，就算我放棄了最後一輪比試，其他人也可能會贏啊，難道你能買通所有人嗎？」

張槐皺著眉頭，以為這個鄉下村姑還沒有搞清狀況，拍了拍錢袋，裡面發出銀子碰撞的聲音，繼續解釋道：「這妳不需要管，反正妳的目的只是要拿到錢。說實話，憑妳自己的實力也不一定能贏，到時候可能是竹籃打水一場空。現在只需妳輕輕點個頭，比試過後銀子就到手了。」

柯采依冷眼看他。「我為什麼要相信你，到時候你們賴帳怎麼辦？」

張槐聽她這麼問眼睛一亮，以為她想通了，從錢袋裡拿出一錠銀子，遞向她。「我可以現在就給妳十兩，怎麼樣？」

路數還真齊全，看來不是第一次幹這種事了。

柯采依輕哼一聲。「打發要飯的呢，誰不知道品味會頭名的意義，那不是錢能估量的。別以為我傻，我是不會放棄決賽的，你別白費力氣了。」

張槐直勾勾盯著她道：「妳別敬酒不吃吃罰酒。現在咱們合作對雙方都好，要不然我們有的是法子讓妳那個破食檔開不下去。」

柯采依聞言捏了捏拳頭，笑了一下。「我還真是吃軟不吃硬，你們可以試試看。」

張槐用手指指著柯采依，話都說不索利了。「妳……妳別不知好歹。」

「別你、你了，張大廚還是趕緊回去想想最後一輪比試的菜色吧，只剩最後一天，現在回去好好琢磨琢磨，沒準兒能拿個第一。」柯采依笑著輕聲道：「倒數的。」

接著她走到門口伸出手，冷笑道：「請回吧，我知道你調查過我，要不然也不會找到我家來。那想必也知道我手裡有點功夫，再不走就不是嘴上說說這麼簡單了。」

張槐氣極，本來以為這次品味會是他和趙良之間的爭奪，其他參賽者他根本沒放在眼裡。沒想到半路殺出這個不知道哪裡冒出來的丫頭，前兩輪比試以黑馬姿態受到王員外他們青睞。更奇怪的是她居然和陳晏之有交情，東家也因此關注上這個丫頭，交代他不能輕視。

本以為柯采依也是陳晏之手裡的牌，可是經過他的一番調查，發現她只是在東市開了個街邊小食檔的農家女而已。於是他便以為只要給她銀子，她就會乖乖聽話。沒想到到這裡吃了閉門羹，這個小丫頭片子竟然油鹽不進，莫不是真的有靠山？

這丫頭聽說的確會點拳腳功夫，張槐便一甩袖子，怒氣沖沖的走出柯家，邊走邊嚷道：「妳會後悔的。」

柯采依笑嘻嘻的揮了揮手。「好走不送。」

從第一次見到這個人，柯采依就有不好的感覺，果然背地裡專門幹這些蠅營狗苟的事情。

送走張槐後，柯采依拋開心裡的焦慮，繼續做臘腸，反正最後一輪比試要做的東西她已經想好了。

她這次買了十斤左右的豬肉，瘦肉七斤肥肉三斤，全部切成丁後，先將肥肉用細鹽、生抽、白糖和些許白酒醃製，將醃好的肉塞進腸衣。

這塞腸衣也是個技術活，柯采依這一弄就花了近一個時辰。她用竹籤將塞得滿滿當當的臘腸上挨個兒戳上幾個洞，接著又在腸衣外面刷上一層白酒，晾曬時可避免招來蟲子。

十斤的豬肉做出來滿滿一架子的臘腸，看著一串串懸垂下來的臘腸，聞著空氣中淡淡的鹹腥味，柯采依由衷的感覺踏實。待曬個幾天風乾後，可以用來做尖椒炒臘腸、臘腸煲仔飯……哪怕是最簡單的臘腸炒飯，都別有一番滋味。柯采依想著想著，口水都冒出來了。

「喲，做了這麼多臘腸呢！」

柯采依正往架子上掛最後的幾串臘腸時，趙三娘攥著一個胖女人一搖一擺的走了進來。

看著架子上紅通通的臘腸，趙三娘眼睛都在放光，這都是肉啊。她自己在家也只能做上個一、兩串應付一下過年。這麼多臘腸，她是萬萬買不起的。

她快速走向臘腸，仔細看了看，也不管柯采依什麼反應，笑嘻嘻道：「過兩天做好了，給妳三叔送點過去，他喝點酒時就愛切點臘腸吃。」

柯采依看著趙三娘的臉，著實無奈的嘆了口氣，三嬸必定又是有事要找她，不然前幾天才當面和她槓過一次，不可能又這麼和顏悅色的對她。這個趙三娘還真是能屈能伸，變臉跟翻書一樣快。

柯采依看了看那個跟著趙三娘一起進來的胖女人，穿著一身暗紅色的對襟襖，一雙細長的眼不停的上下掃視著她。那種審視的目光令柯采依感到很不舒服，她對著趙三娘冷冷道：「有什麼事嗎？」

趙三娘可以變臉像翻書，但是柯采依做不到，對著她始終擺不出什麼好臉色。

那胖女人一聽柯采依的口氣，有點不滿道：「妳這姪女怎麼見了長輩連人都不喊？」

看著柯采依那不耐煩的樣子，趙三娘心裡不停告誡自己忍下怒火，臉上擠出個笑容道：「采依啊，這位是李嬸子，她可是咱們這周邊鄉里有名的媒婆。」

柯采依立刻擰起眉頭道：「媒婆？媒婆來我這裡做什麼？」果然是無事不登三寶

殿。

「自然是為了妳的親事了。」趙三娘邊說邊拉著李媒婆的手走進堂屋，猶如在自己家裡一樣，兩個人在桌子旁邊坐了下來。

趙三娘指了指屋裡，對李媒婆介紹道：「這是我那二哥留下來的房子，二哥二嫂走了以後，就他們姊弟仨住。」

李媒婆打量了一下，似有不屑道：「有點太寒酸了吧……」

見這兩個婦人自顧自的評價起她的家後，柯采依不假思索的打斷她的話。「什麼親事？我不會嫁人的。」

「這是什麼話，妳現在的年紀正是說親的好時候，現在不嫁，過幾年就變成老姑娘了，到時候好男人都被挑光了。」趙三娘沒把柯采依的話當回事，一副掏心窩的樣子道：「我知道平素妳不喜歡我這個三嬸，但是咱們的關係是撇不開的。妳父母早逝，現在只有我和妳三叔是妳的長輩，只有我們能為妳操持這檔事了。我不來辦，誰來辦？如果我們倆不為妳操持這事，將來是要被人戳脊梁骨的。」

「妳三嬸說得在理啊。」李媒婆接話道：「采依丫頭啊，我這回來呢，是想給妳介紹個好人家。下坡村有個姓郭的人家，家裡有兩個兒子，大兒子已經娶妻，還有個小兒子只比妳略長兩歲，這年紀合得很啊。」

趙三娘起勁的說道：「而且這郭家有良田七、八畝，家境很殷實，妳嫁過去只有享福的分兒，就不需要再那麼辛苦地擺攤賣吃食了。」

柯采依聽完蹙著眉頭，冷聲道：「這麼好的人家，三嬸怎麼不讓自己的女兒柯如蘭嫁過去呢？她不也到嫁人的年紀了嗎？」她才不信趙三娘這麼好心會介紹好人家給她，指不定那個郭家還有什麼貓膩呢。

趙三娘轉過臉，訕訕笑道：「妳是姊姊，她是妹妹。做姊姊的都沒嫁，做妹妹的怎麼能趕在前面呢？」

柯采依輕哼一聲，用嘲諷的語氣說道：「妳的意思是，萬一我一直不嫁人，妳的兩個女兒也都不嫁了？」

「怎麼可能！」趙三娘斥了她一句，似察覺自己語氣有點重，又軟言道：「這麼好的人家打著燈籠都找不著，又是李媒婆作媒，妳還有什麼可挑的？也不看看自己家裡什麼情況。」

柯采依瞥了她一眼。「我就是知道家裡什麼情況，現在才不能嫁人。我還有弟弟妹妹要撫養，書哥兒還要讀書考科舉，試問我嫁過去，他們能替我供弟弟讀書嗎？」

「這……」李媒婆抓著趙三娘的手，沒好氣道：「三娘妳可沒說還有這情況啊，哪有夫家供小舅子讀書的道理？」

趙三娘連忙拍了拍李媒婆，安撫道：「嫂子別著急啊，聽我說完。」

她又對柯采依說：「妳還真準備送書哥兒去讀書考科舉啊，我早說了那是作白日夢，學幾個大字就夠了。待他再長個幾歲，送去學門手藝娶個媳婦兒，這日子也是好過的。

「再說了，妳擺食檔這些日子以來攢了不少錢吧，聽說妳還參加了什麼品味會，有五十兩的賞銀呢。到時候妳嫁過去了，妳的弟弟妹妹就由我和妳三叔來照顧，妳只需付些錢給我們倆，我們保證把他倆當作親生的，哪裡還需要夫家扶持啊？」

把柯均書和柯采蓮當作親生的來撫養？趙三娘這撒起謊來真不害臊啊。

「別再說了，我是不會嫁的。」柯采依懶得再和她說廢話，不容置疑道：「三嬸，我也勸妳別再管我的事了，以後不論我嫁不嫁人或者嫁給誰，那嫁妝聘禮都和妳沒關係。我的弟弟妹妹也和妳家沒有關係，無須操心。」

自己的打算被柯采依輕易的說穿，趙三娘臉色青一陣白一陣。要不是為了聘禮，她才懶得管這死丫頭的破事呢，就算她做一輩子老姑婆又與她有何干係。

可是自從得知柯采依買了大青騾，這兩日又聽說她在城裡品味會上大出風頭，說不準讓她真的贏得賞銀，得到縣老爺的賞識。趙三娘怎麼能甘心呢？

故而趕緊找了李媒婆，想為柯采依尋一樁親事，到時候聘禮還有她這段時日賺的銀錢豈不是都要孝敬給自己。

雖然柯采依一向與她不對付，但是趙三娘以為在成親這樁事上，柯采依再不情願還是得聽長輩的話，哪裡知道這丫頭如此頑固。

李媒婆作媒數十年，見慣各種場面，這麼一看就知道柯采依是個刺頭，這趙三娘根本拿柯采依沒辦法。

她站起身來，懶洋洋道：「看來三娘還沒有和姪女把事情說明白啊，那等妳們倆什麼時候說清楚了，願意談婚事了再來找我吧。」說罷就要往外走。

趙三娘急了，扯著她的手道：「嫂子這是做甚？」

李媒婆甩開她的手，腳步不停。「三娘妳別拉我，還有好幾個人家等著我去說媒呢，別耽誤了我的事。」

趙三娘連忙跟了上去。

柯采依目送趙三娘和李媒婆一路拉扯著遠去，暗暗想著只要有趙三娘在，她就不能有安生日子過。

這女人時不時就會鬧出點事來，以後還是要搬離這裡為好，遠遠的離開這吸人血的親戚。

——未完，待續，請看文創風840《吃貨小廚娘》下

2020年4月出版

二嫁榮門

文創風 836～838

能讓自己過得好，小日子才叫爽快！
至於那些惱人的蒼蠅、蚊子，有多遠趕多遠吧～～

歡喜冤家　巧手擒心／竹聲

她名叫簡淡，但日子過得……可真不簡單！
因為雙胞胎剋親的傳言，自小爹不疼娘不愛，只得在祖父關照下寄居親戚家，
學得製瓷巧藝回本家後，又被迫代替嬌弱的胞姊出嫁，最後落得橫死下場。
這回重生，她不打算再悲催一次，定要保全自己，還要做瓷器生意賺大錢！
有祖父當靠山，她忙著習武強身、精進手藝，唯一苦惱的是隔壁王府的沈餘之，
此人正是前世早早病亡，害她沖喜不成，婚後三個月便做了寡婦的罪魁禍首！
說起這位世子，體虛第一、毒舌第一，最大興趣是同她唇槍舌劍，不贏不休，
還在院子裡搭起高臺，每日將她苦練雙節棍的英姿當大戲看，順道點評兩句。
本想還以顏色，孰料一場遇險讓她變成他的救命恩人，這下更是關係曖昧了……
唉，這款丈夫要不得，前世嫁他是逼不得已，今生得想辦法脫身才行啊！

文創風 839

吃貨小廚娘 上

國家圖書館出版品預行編目資料

吃貨小廚娘 / 記蘇著. --
初版. -- 臺北市 : 狗屋, 2019.08
冊 ; 公分. --（文創風）
ISBN 978-986-509-096-8（上冊：平裝）. --

857.7　　109001922

著作者　記蘇
編輯　黃暄尹
校對　黃薇霓
發行所　狗屋出版社有限公司
地址　台北市104中山區龍江路71巷15號1樓
電話　02-2776-5889～0
發行字號　局版台業字845號
法律顧問　蕭雄淋律師
總經銷　知遠文化事業有限公司
電話　02-2664-8800
初版　2020年4月
國際書碼　ISBN-13　978-986-509-096-8

本著作物由北京晉江原創網絡科技有限公司授權出版

定價250元
狗屋劃撥帳號：19001626
網址：love.doghouse.com.tw　E-mail：love@doghouse.com.tw